KB181260

우비보다 비키니를
택한 사람들

우비보다 비키니를
택한 사람들

행복우물

延 series

차은지

아
침
놀

그래도 브라질은 브라질이다

남미에 가야겠다고 생각한 것은 중학생일 때였다. 잉카 문명에 관한 책을 뒤적거리다 우연히 마주한 페루 마추픽추의 전경이 가득 찬 두 페이지가 시작이었다. 산꼭대기에 신비로운 마을을 품고 있는 대륙에는 특별한 무언가가 존재할 것이라고 믿으며 단순한 호기심만으로 남미에 대한 막연한 환상을 품었다. 누가 알았을까, 그 환상을 재수생이 되어 진로를 결정할 시기가 되자 다시금 떠올릴 줄은.

포르투갈어를 전공하자 자연스레 브라질행으로 이어졌고, 남미의 반이나 되는 넓은 브라질 땅은 가도 가도 끝이 없고 알 수 없어서 자꾸만 배낭을 꾸려 떠났다. 한국에 돌아와서도 호시절을 잊지 못해 고향을 가듯 브라질로 돌아갔고, 여행하듯 일상을 살아내며 크고 작은 경험과 단상들을 켜켜이 쌓아갔다. 걱정 많고 예민한 편이라 마음이 힘든 날이 더 많았지만, 그래서 브라질의 '특별함'과 '다름'을 더 잘 느끼고 기억하는 것이라 생각한다.

상파울루 공항에서 멀어진 직후부터 그곳에서 공부하고 여행하고 일할 때 틈틈이 써 내려갔던 일기장을 꽤 오랫동안 들춰보며 글로 옮겼다. 잊지 않기 위해서. 하지만 나는 조금 게을렀고, 지난날의 여행기보다는 현실의 자소서를 쓰느라 바빴고, 블로그 비공개 글을 공개로 바꾸기엔 용기가 부족했다. 그렇게 내가 사랑했던 브라질은 비슷한 경험이 있던 대학 친구들과 한 번씩 곱씹는 안줏거리가 되곤 하였다. 그냥 딱 그 정도. 그렇게 점점 잊혀가는 추억이 되어버렸다.

문득 인생을 한 번 정리하고 되돌아보는 시기에 단숨에 떠올린 것은 브라질이었다. 거기에 내가 있었기에 그저 그런 여행지로 남겨두고 싶지 않았다. 그래서 이제는 일기나 가벼운 안줏거리가 아닌 '글'로 다시 써 내려가, 어떤 이에게는 브라질 여행을 꿈꾸게 하고, 또 어떤 누군가에게는 배낭을 메고 걸으며 스스로와 가까워지려는 의지를 심어주고 싶었다. 혹은 이미 지난 과거의 배낭 여행을 다시금 떠올리게 하거나. 물론 포르투갈어를 조금 할 줄 알기에 생기는 에피소드가 있다거나 조금 더 쉽게 길을 찾는다거나 할 수 있지만, 그래도 브라질은 브라질이다. 그곳은 매력적이고 자유로웠지만 그만큼 위험했기에 여행 중에 정말 많은 이들의 도움을 받았다. 정해진 동행이 없었기 때문에 새로운 장소마다 새로운 등장인물들이 자연스레 나의 여행길에 초대되어 이야기를 완성해 나갔다. 사실 그들을 기억하고 싶어서 이 글을 쓴 것이기도 하다. 첫 포부는 '여자 혼자 브라질 여행' 이었지만, 정말 혼자였다면 꽤나 힘든 여행이 되었을 것이라 장담한다. 그들에게 고마운 마음을 전하기 위해, 브라질에서 보고 느끼고 누린 자유로운 것들을 기억하기 위해 오랫동안 썼다. 그때 만들어졌던 자신감과 감사함, 행복해지는 방법을 잊지 않기 위해서.

이 투박한 에세이를 읽고 브라질이 궁금해진 사람이 한 명이라도 생긴다면, 혹은 여행하며 스스로에게 더욱 가까워지고픈 용기가 생긴다면 더할 나위 없이 기쁠 것이다.

3부.
다시 돌아온 애증의 브라질

4부.
혼자서 행복해지는 건 불가능한 일

저녁놀

SOLAR

1부

여행 아닌 일상

살가운 포옹에 대하여

브라질에서는 하루에도 몇 번씩 남의 품에 안겼다.

처음 보는 이들은 마치 나를 오래전부터 알던 친구처럼 두 팔 벌려 친근함을 표했다. 눈앞의 상대방을 직시하는 깊고 투명한 두 눈을 마주한 뒤, 볼 인사를 하기 위해 목을 길게 빼고 한 쪽 뺨을 들이밀 때면 저마다 특유의 향기, 혹은 화려한 향수 냄새가 무방비 상태에서 콧속으로 훅 밀려들어 왔다. 그다음 뺨과 뺨을 맞대고 '쪽' 하고 뽀뽀하는 소리를 입으로 내는데, 소리뿐인 그 가짜 뽀뽀가 처음에는 조금 웃기기도 했다. 허공에 하는 뽀뽀라니. 그러다가 간혹 볼에다가 진짜 뽀뽀를 하는 이들을 만날 때면 나를 향한 진득한 애정도에 깜짝 놀라기도 했다. 립스틱 자국이 볼에 남으면 함께 깔깔 웃었다.

나는 브라질 친구들에게 좋아하는 마음을 있는 그대로 표현하기 위해 부단히 애를 썼다. 하지만 그들의 잦은 감탄사와 다양한 표정, 넓은 몸짓으로 만들어내는 표현을 따라잡을 수가 없었고, 내가 얼마나 이곳을 좋아하는지, 당신과 함께 있는 시간을 얼마나 즐거워하고 있는지를 상대방이 온전히 느끼게끔 할 수 없었다. 전달한 표현이 여전히 아쉬운 날에는 우리 사이의 애정도 테스트를 통과하기 위한 것처럼 작별 인사를 나눌 때 상대방을 몸과 마음을 다해 꽉 안아주었다. 빈틈없이 온 힘을 다해서. 그래야 홀가분히 돌아설 수 있었다. 오늘의 충만했던 마음을 그나마 전한 것 같아서. 어느새 차곡차곡 쌓은 마음과 감정을 표현하는 법을 점점 배우고 있었다.

외국어를 배우는 초반에는 아기가 된다.

어떤 외국어든 처음 배울 때는 원초적이고 쉬운 단어들을 익히고, 직설적으로 말한다.

"배고파."

"나는 추운 것을 싫어해."

"가장 좋아하는 색은 노란색이야."

"오늘은 날씨가 좋아서 기분이 좋아!"

부족한 어휘 덕분에 에둘러 말하는 법이 없었고, 슬픔과 행복, 싫고 좋고의 감정 표현이 꾸밈없이 입 밖으로 나왔다. 생각을 하고 그걸 말로 뱉는 게 순서인데, 복잡하게 생각을 해봤자 그걸 그대로 외국어로 표현할 수가 없어서 말도 단순해지고, 생각과 감정도 단순해졌다. 그래서일까. 그 시절의 나는 가장 감정에 솔직했고 표현에 군더더기가 없었으며, 내가 사용하는 단순한 말처럼 슬플 때 그냥 울고, 행복할 때 마냥 웃는 사람이 되어갔다. 말에서나 표정에서나 포장할 수가 없었다. 내가 소화하지 못한 어휘들이 문장의 중간에 어설프게 끼어들어 이상한 말을 만들어내는 것처럼, 가식적인 행동이나 표정은 겉에서 맴돌다가 금방 들통이 났기 때문이다. 이 나라 언어를 자연스럽게 말하고 싶었고, 그들 사이에 섞여 자연스럽게 웃는 사람이 되고 싶었다.

꾸며진 말과 행동을 할 수 없었기에 '나'에 대해서 집중하고 탐구하고 끊임없이 질문했다. 그제서야 나의 감정, 속으로 하는 생각과 말, 좋아하는 것, 두려워하는 것들이 떠올랐다. 생각할 시간은 많았다. 해야 할 것들이 없었기에 오로지 생각할 시간이 주어졌다. 지금까지 꽤나 열심히 살아온 탓에 드디어 의무가 없어진 시기를 맞아 격렬하게 아무것도 하지 않았다. 스스로 이래도 되는 건가 싶기도 했지만 시간을 허투루 쓰는 것이 꽤나 즐거웠다. 딱히 해야 할 일이나 가야 할 곳, 봐야 할 것들이 없었기에 그저 생각하고 사유했다. 혼자 있는 시간이 자연스럽게 허락되었기에 가능했다. 그 시기였다. 스스로에 대해 깊게 생각해 본 적. 오늘의 기분은 어떤지, 이걸 좋아하는지 저걸 싫어하는지, 내일은 무얼 하고 싶은지, 주말엔 누구와 함께 어디를 가고 싶은지, 내가 진짜 원하는 게 무엇인지 끈질기게 생각했다.

계절이 바뀌며 알게 된 형용사와 부사가 점차 늘고, 쓸 수 있는 말이 다양해지고, 나만의 억양을 갖게 되었지만 감정과 생각은 여전히 단순함을 유지했다. 복잡하게 생각할 필요 없는 주변 생활과 삶의 태도가 마음에 들었기에. 아무도 뭐라 하는 사람 하나 없었고, 오히려 이곳의 주인인 브라질 사람 앞에서는 더욱 솔직하고 당당해질 필요가 있었다. 온갖 예쁘게 꾸며낸 말보다, 가지런한 이를 보이며 활짝 웃고 좋은 걸 좋다고 말하는 나를 친구들도 더 좋아했다.

덕분에 내가 아침 산책과 레게를 좋아하며, 사람들의 시선을 싫어하지만 마음에 드는 사람이 있으면 먼저 다가가는 사람이라는 걸 깨달았다.

매일 길을 잃던 날들

평범한 가정에서 나고 자라 학창 시절 친구들과 사이좋게 지냈고, 대학에 가서도 사람들과 어울려 다니며 사회성이 좋은 편이라고 생각하며 잘만 살아왔다. 이성친구를 사귀며 자존감이 조금 낮아지던 시기가 있었지만 딱히 인생을 뒤흔들 정도는 아니었다. 하지만 브라질 생활 초반의 나는 스스로가 어떤 사람인지에 대해 다시 생각해 봐야 할 만큼 한없이 쪼그라들었다.

많은 사람들을 만나고 다양한 경험을 하기 위해 지구 대척점과 가까운 곳에 왔다. 새로운 관계를 만들며 시야를 넓히고 싶었고, 드디어 인생의 2막이 시작된 것이라며 한껏 기대에 부풀어 이민 가방을 꾸렸다. 23시간의 비행 끝에 브라질의 꾸리치바라는 도시에 도착했고, 먼저 가 있던 친구가 얻어준 하숙집에 짐을 풀 때까지만 해도 모든 게 쉬웠다. 시차 적응을 마치고 나면 나에겐 날마다 재밌고 화려한 브라질 생활이 펼쳐질 거라 생각했다.

하지만 기대와 달리 잘 적응하지 못했다. 일단 브라질 사람과 나는 성향 자체가 너무나도 달랐고 10명이 넘는 20살 전후의 팔팔한 브라질 청춘들이 살고 있던 그 집은 가끔 재밌거나 혹은 자주 짜증스럽거나 둘 중 하나였다. 그들은 쿨한 척 배려 없는 행동을 일삼았고 밤마다 술을 마시며 축구를 보면서 소리를 질러댔다. 덕분에 온갖 포르투갈 욕을 단시간에 배울 수 있었다. 그들이 웃는 포인트와 언성이 높아지는 이유, 도대체 왜 남이 사다 놓은 1L짜리 음료수를 빈 통으로 만들어 놓는 것인가 (이건 문화권의 문제가 아니라 그저 그 친구들의 문제였지만) 같은 사소한 것들이 머릿속을 복잡하게 만들었다. 가장 최악은, 가끔 그들은 내 앞에서 나에 대한 얘기를 아주 빠르게 말하며 애매하게 웃었지만 나는 아무 말도 하지 못했다는 것이었다.

나와 맞지 않는 사람들과 지내는 건 생각보다 우울하고 절망스러웠다. 이곳에 온 목적까지도 짓누를 만큼. 하지만 친구를 만들고 싶었기에 별로 친해지고 싶지도 않은 사람에게 먼저 웃으며 다가가 살가운 척을 하고, 내가 재밌고 유쾌한 사람이라는 것을 어필해야 했다.

하지만 언제나 남는 건 소외감. 어설프고 더듬거리는 외지인의 말들이 분위기를 흐릴까 봐 하려던 말들을 자꾸만 삼켰다. 집 밖에서는 매일같이 길을 잃어버렸고, 거리에서는 지갑과 핸드폰, 가방을 걱정하느라 종종거렸다. 매번 길을 잃고 고단함을 몸에 잔뜩 끼얹고서 집에 들어와 내일을 걱정하며 잠에 들었다. 예상할 수 없는 외부의 충격들이 두려워 아침에 눈을 떠도 움직이기가 싫었다. 방문을 조심스레 열고 주위를 살피며 시작하는 죽은 듯한 하루들.

그렇게 조용히 마음이 작아지던 어느 늦은 오후, 집 현관 앞 계단에 걸터앉아 지나다니는 사람들을 구경하던 날이었다. 그날은 좁은 방안에 갇혀 있고 싶지 않았다. 거리는 위험하지만 울타리 안의 집은 안전하기에 그 안정감을 누리며 바깥공기를 마음껏 쐬고 싶었다. 천천히 시간을 흘려보냈다. 길을 가다가 나와 눈이 마주치면 가끔씩 눈인사를 건네는 모르는 이웃. 그에게 답 미소를 건네기 위해 굳은 얼굴을 애써 움직여 보였지만 좋은 건지 싫은 건지 알 수 없는 표정만 남는다. 새로운 환경에 놓였을 때 내향성이 짙어지는 스스로를 발견하고 놀라는 경험을 반복하던 시기였다. 멍하니 거리에 시선을 두고 늦은 오후를 죽이던 때, 하나 둘 집으로 귀가하는 어색한 사람들과 오늘 하루 잘 보냈냐며 의미 없는 인사를 주고 받았다.

그때 같은 집에 살던 베뚜가 레몬 차를 들고 어디선가 나타났다. 본인이 마실 차를 탄 김에 하나 더 우렸다며 무심하게 건넨 투명한 찻잔. 딱히 자상한 표정과 말투는 아니었지만 그 어떤 말보다 진심이 담긴 따뜻한 차였다. 말로 표현하는 게 서투른 사람들은 종종 행동으로 마음을 보여주는데 그게 잘 느껴진 순간이었다. 걱정으로 똘똘 뭉친 경직된 몸을 조금씩 녹이는 레몬 차. 그는 딱히 위로하려던 건 아니었지만, 내가 의기소침해 있다는 것도 몰랐겠지만 나는 그날의 레몬 차와 계단에서 바라보는 오후의 거리 풍경으로 단단한 힘을 얻었다.

그리 대단하지 않은 날이 기억에 남는 경우가 종종 있다. 투명한 유리잔에 받침까지 예쁘게 올려진 레몬 차에 자그마한 용기를 얻었던 날. 자꾸만 꺼내어 보고 싶은 날. 한껏 긴장되었던 목 뒤를 느슨하게 풀고 조금은 자연스럽게 입꼬리를 올릴 수 있는 태도. 조금이나마 마음 놓일 곳을 찾게 된 것 같아서 기뻤던 날이었다.

날아갈 듯한 특별한 일이 일어난 건 아니지만 슬며시 힘을 얻은 날을 누구나 마음 한 켠 어딘가에 두고 있을 거라 생각한다. 언제 어디서든 꺼내어 볼 수 있는 하루. 떠올리면 저절로 미소 지어지는 그런 하루.

커피와 카페

포르투갈어로 커피(coffee)는 카페(café)라고 발음한다. 우리나라 마트나 동네 카페, 온라인상 어디서든 심심치 않게 발견할 수 있는 브라질 수입 커피. 그렇게 유명하고 맛있다는 브라질 커피를 나는 막상 브라질에서는 즐기지 못했다. 하숙집 어머니가 아침마다 내려 주시던 커피는 너무 쓰고 카페인이 강해 심장을 하루 종일 벌렁이게 했으며, 시내에는 마땅히 갈만한 카페가 없었다. 카페는 있으나 공간을 즐길만한 마음에 드는 분위기를 가진 곳이 없다는 뜻이다. 서울만큼 많고 다양한 컨셉의 카페가 있는, 심지어 유명한 카페들로 인해 ○○○ 길이 생기는 도시는 없다는 걸 새삼 깨닫는다. 아마도 우리나라에 공원이 없기 때문이라고 브라질 생활 끝 무렵에 마음대로 결론 내렸다. 브라질에서는 친구를 집에 초대해서 노는 경우도 많고, 약속 장소로 공원 피크닉을 가거나 잠시 벤치에 앉아 수다를 떠는 경우도 많다. 하지만 우리나라는 초등학교 이후 사춘기를 거치며 집에 누군가를 초대하는 게 부담스러운 일이 되고, 서울처럼 땅값이 비싼 곳에 작은 공원들을 남겨둘 리는 만무하기 때문에 자연스레 만남의 장소가 줄어들었다. 대신 그곳에 인스타 감성의 카페들이 생겨났겠지. 우리는 어디든 쉽게 닿을 수 있는 카페에 들어가 근황을 나누고 인테리어를 구경하고 사진도 찍고 일도 한다. 단순한 '장소'의 개념에서 벗어나, '분위기'를 소비하는 공간이 된 것이다.

브라질에도 상파울루 같은 도심에는 스타벅스처럼 유명한 카페가 있긴 하다. 하지만 내가 카페 불모지, 스타벅스 하나 없는 꾸리치바에 살 때의 일이다. 수업도 없고, 약속도 없는 날 괜히 카페 놀이를 하고 싶을 때가 한국인에게는 종종 찾아온다. 그런 날에는 노트북과 읽을 책을 하나씩 챙겨 들고 30분을 걸어 가장 좋아하는 카페에 가곤 했다. 이 집 원두가 맛있어서 유명하다고 하지만 커피 맛을 모르는 나는 단지 강남의 여느 카페 같은 넓고 깔끔한 분위기가 익숙하고 좋아 먼 거리에도 불구하고 가끔 시간을 보냈다. 이날은 나름 시험공부를 한다며 외울 단어들을 펼쳐 놓고 PC 카톡만 열심히 했다. 얼마쯤 지났을까, 세련된 커리어 맨처럼 보이던 옆 테이블의 젊은 남자가 갑자기 말을 걸어왔다.

"저기, 화장실에 다녀올 건데 잠시 이 노트북 좀 봐줄 수 있을까요?"

남자는 나처럼 혼자였다.

처음에는 남자의 말을 제대로 이해하지 못해 약 3초간의 정적이 흘렀다. 그냥 화장실에 다녀오면 될 것을 왜 노트북을 처음 보는 내게 맡기는 거지? 그렇다. 이곳은 브라질이다. 대한민국이 아니다. 이 남자는 자신이 자주 드나드는 카페에 낯선 이가 들어와 자신의 소중한 데이터가 들어있는 값비싼 노트북을 아무렇지 않게 들고 가는 것을 우려하고 있었다. 아무리 부자동네에 위치한 카페이더라도 어디에서나 위험의 가능성은 있고, 브라질 사람들은 여느 때와 다름없이 조심하며 살아간다. 그걸 종종 잊고 살다가, 그들의 이런 행동을 옆에서 겪을 때면 그때마다 정신을 차렸다. 덕분에 위험하거나 속상한 일을 겪은 적은 단 한번도 없었다.

브라질에 다녀온 직후, 한국에서 카페에 가면 가방이나 지갑, 심지어 핸드폰까지 놓아가며 자리를 맡아 놓고는 주문을 하러 가는 우리나라가 참 신기하고 대단하다고 생각했다. 자리를 뺏기는 것은 두려우면서 지갑 잃어버리는 것은 별로 걱정되지 않는 곳에서 살아왔기에 이전에는 당연하다고 생각했던 것들.

그의 부탁에 흔쾌히 알았다고 하자 안심한 남자는 자리를 떴다가, 5분도 되지 않아 돌아왔다. 그러고는 나를 향해 싱긋 웃으며 고맙다고 엄지를 치켜든다. 나는 그냥 옆에 앉아 내 할 일을 하고 있었을 뿐인걸. 딱히 남자의 노트북을 지키기 위해 주위를 경계하거나 하지 않았는데 말이다. 그런데 만약 진짜 어떤 사람이 이 남자의 노트북을 들고 가려 했다면 과연 나는 온몸으로 막을 수 있었을까? 그건 잘 모르겠다. 아마 한국말로 욕은 할 수 있었겠지.

뛰거나 걷거나

브라질에서 생활한 지 한 달 만에 다른 집으로 거처를 옮겼다. 10명이 넘는 젊은 브라질 남녀가 사는 첫 번째 집에서는 아무리 노력해도 잘 지낼 수 없을 것이라는 판단 때문이었다.

두 번째로 살던 동네의 이름은 아구아 베르지(Água verde), 푸른 물이라는 뜻이다. 맑고 영롱한 이름에 걸맞게 집집마다 푸른 잔디를 가진 주택이 모여 있었다. 나의 하숙집도 그 중 하나였다. 지붕이 낮고 풀이 많은, 홈리스가 적은 그 동네를 좋아했다.

그래서 우울하거나, 아니면 아예 반대로 기분이 무척 좋은 날엔 어김없이 집 밖으로 나가 동네를 걷고 뛰었다. 긴 머리를 높게, 앞머리까지 야무지게 쓸어올려 질끈 묶고는 검정 레깅스에 늘어난 티셔츠 하나를 입고 집을 나섰다. 잃어버리거나 뺏겨도 아무 상관 없는, 휴대폰 구성품으로 들어있던 이어폰을 양쪽 귀에 꽂고서 최대한 신나는 음악을 골라 틀었다. 아파트가 없는 주택가의 길목에는 울타리 너머로 남의 집 마당을 훔쳐보는 재미가 있었다. 어느 집이, 어느 마당이 마음에 드는지 마음껏 순위를 매기기도 하고, 집을 꾸며 놓은 스타일을 보고 가족 구성원의 이야기를 상상하며. 그렇게 동네를 누비다 보면 청소부나 나처럼 조깅하는 사람도 간혹 만나고, 잔디 깎는 노부부나 강아지를 산책 시키는 사람도 만난다. 혹은 아이들을 위한 어떤 파티를 벌이고 있는 식당에서 터져 나오는 웃음소리 같은 것들을 흐뭇하게 즐기며 지나친다.

오래된 나무들이 너무 굵고 거대하게 자라 있어서, 대찬 바람에 가지 끝에 달린 낙엽들이 한꺼번에 떨어질 때는 비현실적인 순간들을 마주하기도 했다. 그때는 뛰던 것을 멈추고 서서 멍하니 바라봤다. 그 스산하면서도 신비로운 광경을. 종종 거대하게 자란 나무의 뿌리가 보도 블록을 뚫고 나온 탓에 길이 고르지 않았지만 주말이나 낮이나 밤이나 크게 다르지 않은 차분한 동네의 분위기가 마음에 들었다. 금세 정을 붙이고는 친구들과 대화할 때 그 곳을 '우리동네'라고 칭하는 것도 기분 좋은 일이었다.

날이 좋으면 수업을 빼먹고 조깅을 하러 나가기도 했는데, 그게 당시의 나에게는 더 중요한 일이었다고 변명하고 싶다. 뛰고 걷는 순간에는 스스로가 살아있는 것이 아주 잘 느껴졌기 때문이다. 눈앞에 보이는 것이, 양 볼에 닿는 바람의 감촉이, 그리고 그걸 좋다고 여기는 생각이 '나'를 느끼게 했다. 오히려 사람들과 이야기할 때보다 내 존재가 분명해졌다. 머릿속에는 끊임없이 잡념이 물고 늘어지는 걷기였지만 꼭 필요한 시간이었다. 그 잡념은 현실의 고민보다는 이로운 상상이었다. 일종의 판타지스러운. 그 당시 나는 상상으로 현실의 걱정을 잠시 잠재울 수 있었다. 걸을 때면 마음껏 상상하며 고민을 삭혔다.

약간의 땀을 훔치며 집 열쇠를 열쇠 구멍에 꽂고 방으로 올라가는 때는 나갈 때와는 다른 건강해진 몸과 마음이 된 것 같은 착각이 들기도 했다. 단순히 칼로리 소모나 개운함 정도가 아니었다. 이런 곳을 조깅할 수 있는 날은 살면서 별로 흔하지 않을 것이라는 걸 알았기에 매번 소중히 여겼다.

동네의 한 가운데에는 땅값이 아주 비싸다는 공동묘지가 있었다. 그렇다고 으스스하거나 께름칙함이 전혀 없고, 유럽 여행을 할 때 관광지로 들를 법한 예쁜 묘지들이 모여 있는 곳이었다. 조깅을 할 때 일부러 이곳에 들어가 가로질러 걷기도 했다. 단단하고 높은 흰색 벽으로 둘러싸여 있었지만 접근성이 좋았고 삼엄한 경비 같은 분위기는 조성되어 있지 않았다. 끝이 보이지 않을 만큼 넓은 공간에 각기 다른 한 평의 집처럼 꾸며져 있는 묘지들이 빼곡히 채워져 있었다. 매끈한 대리석에 각인된 이름을 발음해 보기도 하면서 둘러보는 게 꽤나 흥미로웠다. 묘지가 이렇게 예쁠 수도 있구나 감탄하며. 도심에, 주택가에 이렇게 공동묘지가 있는 것을 보며 우리와는 다른 듯한 브라질 사람들의 생각이 궁금했다. 님비 현상이 없는 곳. 공동묘지가 그다지 꺼려지는 공간이 아니기에 잘사는 동네 한가운데에 넓게 자리한 것이겠지.

시간이 지난 후 가끔 집이 답답하게 느껴질 때, 혼자 걸었던 브라질의 동네를 한동안 자주 떠올렸다. 회색 콘크리트보다는, 전깃줄이 엉킨 가게 간판보다는 마당의 잔디와 알록달록한 우편함과 낮은 지붕을 구경하며 걸었던 곳. 낯설지만 익숙했던 곳. 잠깐 머물렀다가 가는 주제에 동네 사람 행세를 하며 스며들고 싶어 했던 날들.

지난날의 행복했던 기억은 현재를,
그리고 미래를 더 잘 살아갈 힘을
기꺼이 내어준다.

땅구아 공원

꾸리치바에는 시티투어를 할 수 있는 이층 버스(Linha Turismo)가 다닌다. 그걸 타면 시원한 바람을 가르며 도심 곳곳의 관광지에 들렀다가 외곽까지 쉽게 갈 수 있었다.

해가 좋은 어느 날, 친구 보람이와 나는 천 돗자리를 챙겨 이층 버스에 올랐다. 딱히 소풍을 계획한 건 아니라 도시락이나 먹을거리 없이 단출하고 가벼운 차림이었다. 무얼 하러 간다는 목적 같은 건 없었다. 그저 날이 좋아서, 어디론가 가야 할 것 같아서 이층버스를 탔고, 한참을 앉아 바깥 구경을 하다가 땅구아 공원(Parque Tanguá)에 닿았다. 버려진 채탄장을 인공 폭포를 갖춘 공원으로 탈바꿈한 곳이다. 운이 좋으면 인공 폭포에서 폭포수가 길게 수직으로 떨어지는 걸 볼 수 있다. 우리는 그 절벽 밑 작은 호숫가의 양

지바르고 평평한 나무 그늘 아래에 자리를 잡았다. 품이 넉넉한 옷과 편한 자세, 재잘재잘 이야기하는 보람이의 뒤로 보이는 거대하고 아찔한 절벽의 풍경. 가장 편안한 자세를 찾기 위해 앉은 자세를 몇 번씩 바꿔가며 대화하다가 결국엔 드러누워서 마저 이야기를 이어 나갔다.

태생부터 브라질 사람인 것처럼 동네의 모든 사람들에게 말을 걸던 보람이는 누구보다 든든한 존재였다. 그녀는 모든 외국인 친구들을 내게 소개해 우울에 깊이 빠질 틈을 주지 않았으며, 같이 살던 사람들이 싫어 집에 가기 싫은 날이면 언제나 자신의 침대를 내어주었다. 누군가 나를 무시할 때면 망설임 없이 대신 싸웠다. 그런 그녀의 모습을 보고 배워 나도 어느 순간부터 잘 참지 않게 되었지만. 그녀와의 우정이 젊은 날 시작되어 다행이라고 때때로 생각했다.

잠이 들락말락 하는 한낮의 시간. 나뭇잎 사이로 쏟아지는 햇빛에 눈이 부셨지만 또렷이 올려다보고 싶은 맑은 하늘. 그런 평온한 날들. 나뭇잎이 바람에 흔들릴 때마다 그 빛의 모양과 각도가 바뀌는 것을 관찰할 만큼 여유로운 날. 이마에 팔을 얹어 잠시 눈을 감고 온전히 행복감에 젖어 드는 것. 동시에 친구와의 수다가 멈추면 아무 소리도 들리지 않는 무심함.

보드라운 천 한 장을 깔고 그늘만 있다면 아무 데서나 드러눕고 그다지 벌레를, 자연의 것을, 자외선을, 땀을 두려워하지 않던 건강한 시절이었다. 햇빛 아래에서 묵었던 체증이나 고여있던 고민, 두텁게 쌓아온 스트레스를 말려 없애듯이 온몸을 늘어뜨린 젊은 날 우리의 모습을 좋아했다. 나른한 풍경. 낮잠 자기 좋은 곳. 아무도 방해하지 않는 시간 속에서 몸과 마음을 마음껏 풀어헤친다.

"이런 곳에 별장 하나 있었으면 좋겠다."

인기척이 없어 보이는 조용한 집들이 모여 있는 곳을 가리키며 둘 중 누군가 말했다. 그럼 이 큰 공원이 별장 앞마당이 되는 건가. 그럼 나는 간이의자를 사서 매일 같이 끌고 나와 일광욕을 할 거야. 아무리 해도 돈이 들지 않는 달콤한 상상. 굳이 어디에 내리지 않더라도, 그저 이어폰 하나 귀에 꽂고 밖을 구경하며 기분 좋은 단조로움을 느끼는 하루. 선명하게 지는 노을을 목격하며 그렇게 하루를 완성했다. 해가 지고 집에 돌아갈 때는 버스 맨 뒷자리에 앉아 찬 바람을 맞아가며 야광 별 스티커가 잔뜩 붙어있는 방 천장 같은 밤하늘을 실컷 구경하며 달렸다. 굽었던 몸 앞면을 쭉 늘렸다. 추위도 잊고는 눈높이에 있는 나뭇가지에 얼굴을 맞을까 봐 요리조리 피하며 타는 이층 버스.

아무것도 하지 않았지만 모든 걸 느끼고 가득 채워 집으로 돌아왔던 9월의 봄.

여름에 대하여

습하지 않은 쨍한 여름. 오래 걸어도 땀이 나지 않는 더운 날씨. 있을 수 없는 유니콘 같은 상상 속의 날씨를 브라질에서 매일 경험했다. 아침에 조금 서늘하여 입고 나갔던 카디건은 한낮이 되자, 대충 허리에 둘러매거나 팔목에 걸쳐 들고 다니곤 했다. 쪼리와 발바닥 사이에 기분 나쁜 땀이 없어 쩍쩍거리지 않고 산뜻하게 걷는 것이 가능한 여름. 창문을 활짝 열고 바깥공기를 안으로 빨아들여도 방 안과 밖이 동일한, 보송한 여름 공기.

날씨 좋은 소리 같은 게 있다. 아파트 살 때는 알 수 없는, 어느 여름날 2층 방 방충망 없는 창문을 열어놓고 일기 쓸 때 자연스레 귀에 들려오는 소리. 가끔씩 동네를 관통하는 자동차 소리, 3층 높이의 커다란 나무의 가지를 이리저리 옮겨 다니는 새소리 같은 것들. 새까만 밤에는 젊은 청소부가 쓰레기봉투를 차에 던져 넣고는 출발 신호를 주는 휘파람 소리. 비 오는 날에는 비가 나뭇잎에 가득 모였다가 한계에 닿아 한꺼번에 바닥에 투두둑 시원하게 떨어지는 소리. 창문을 활짝 열어놓은 여름에만 들을 수 있다.

여름을 좋아했기에 브라질을 더 좋아했다. 좀 더 정확히 말하면 브라질에 지내면서 내가 여름을 좋아한다는 사실을 깨달았다. 나름의 사계절이 섞여 있는 꾸리치바에서 지낼 때보다, 적도에 가까워 여름이 지속되는 브라질 북동부에 가면 뭐든 할 수 있을 것만 같은 에너지가 뿜어져 나왔다. 일부러 밖에 나가 살을 까맣게 태우며 몸을 말랑하게 만들었다. 굳은 몸의 껍질을 벗겨내듯.

여름 아침, 여름 낮잠, 여름 밤 산책 같은 단어들은 하나같이 낭만적으로 느껴졌다. 그만큼 여름은 낭만의 계절이며, 이 계절에는 아무래도 사랑에 빠지기 더 쉬울 거라고 생각했다. 겨울 찬바람에 꽁꽁 싸매고 팔짱 낀 채로 상대방 앞에서 이야기하는 것보다야 어디서든 퍼질러 앉아 함께 맥주를 들이켜는 모습이 훨씬 매력적이기에. 여름 밤의 냄새가 얼마나 달콤한지, 얼마나 빠르게 땀을 부드럽게 말릴 수 있는지 그곳에서의 나는 알 수 있었다.

카디건이 필요 없는 날씨가 되면 누구보다 빠르게 여름옷으로 갈아입고 앞장서서 그 계절을 맞이했다. 싱그러운 초록 풀과 내리쬐는 햇볕. 옷이 가벼워지는 게 내 몸과 마음도 가벼워지는 것 같아서 좋았고, 여름에 어울리는 화려한 목걸이나 원색의 민소매 원피스, 보잉 선글라스, 바람이 발가락에 닿는 슬리퍼를 좋아했다. 걸친 게 가벼울수록 몸짓도 다양해지고, 타인을 향한 살가운 스킨십도 쉬워지는 듯했다. 눈부심에 저절로 아침에 눈이 뜨이는 게 반가운, 얼음 가득 채운 와인이나 맥주를 마시는 게 하루의 마무리가 될 수 있는 계절.

그리운 브라질의 여름. 가벼운 여름날의 몸.

2부

여행지에서 게으름뱅이가 되는 법

'그 어떤 것보다 아름다운 저 소녀를 봐(Olha que coisa mais linda)'

보사노바의 거장 톰 조빙(Tom Jobim) 할아버지의 명곡 이파네마 소녀(Garota de Ipanema)는 녹아내릴 듯한 리듬과 함께 위와 같은 첫 마디를 흘려보낸다. 조빙이 리우데자네이루에서 가장 아름답다고 하는 이파네마 해변의 레스토랑에서 그 앞을 매일 지나다니던 소녀를 보며 만든 노래라고 한다. 바닷가 식당 테라스에 앉아 지은 노래라니! 전주만 들어도 낭만적인 이파네마 해변이 머릿속에 그려져 마음이 간질거린다.

리우데자네이루를 자꾸만 찾게 되는 이유 중 하나는 그곳이 보사노바의 본고장이기 때문이다. 흥겨우면서도 차분한 리듬의 보사노바는 브라질에서 태어난 느린 재즈풍의 삼바라고 할 수 있다. 마음을 느긋하고 말랑거리게 만드는 보사노바. 요즘 우리나라의 카페나 바에서 배경음악으로 꽤나 자주 들리곤 하는데, 편안한 분위기를 만드는 일정하고 반복되는 리듬이 특징이다. 대화를 방해하지 않는 단순하고 안정감 있는 노래. 동시에 발랄하기도 해서 귀여운 면도 있다. 날 좋은 봄 잔디밭에 누워있는 기분이랄까. 또 어떤 날은 노을 지는 창가가 그려지기도 한다.

삼바와 보사노바로 가득 찬 리우의 해변은 언제나 매력적이다. 뜨거운 태양과 어울리는 검게 그을린 피부를 가감없이 드러낸 상의 탈의자들, 비치 발리볼을 즐기는 커플들, 추로스를 파는 사람, 서핑 보드를 끼고 해변으로 향하는 사람들, 마치 수영복을 입고 있는 듯 알록달록한 타투를 새긴 사람들을 차례로 마주한다. 그들이 만들어 내는 자유로운 분위기, 음악과 흥, 적당히 더운 날씨와 아름다운 바다가 이곳을 더욱 활기차게 만든다.

사실 처음 리우에 놀러 갔을 때는 모든 것을 새로 사야 했다. 한국에서 챙겨온 엉덩이를 다 덮는, 하지만 나름 파격적이라고 생각해서 큰맘 먹고 구입한 검은색 비키니는 감히 브라질 언니들 앞에서 꺼내 보일 수 없었다. 구릿빛에 탱탱

한, 그리고 그 멋진 몸을 드러내야 마땅하다는 듯 좁디좁은 폭의 팬티 수영복과 눈이 어지러울 정도로 화려한 비키니에 비하면 내 것은 오로지 스포츠로서의 수영을 하기 위한 유니폼인 듯 보였다. 그 수영복을 꺼내 입는 순간, 아름다운 이파네마 해변의 거슬리는 검은 점처럼 눈에 띌 것임이 분명했다.

몸매가 좋든 아니든, 나이가 어리든 많든 브라질 사람들은 전혀 상관하지 않았다. 그저 자기가 좋아하는, 본인 눈에 예쁘다고 생각하는 저마다의 수영복을 입고 눈부신 바다에 뛰어들었다. 마치 몸은 드러낼수록 아름답다고 말하는 것 같았다. 그들에겐 남을 신경 쓰거나 눈치 볼 쓸데없는 여유와 시간이 없었다. 이상적으로 생각하는 키와 몸무게가 있고, 서로의 다리길이를 비교하고, 출렁이는 팔뚝살을 부끄러워하며 가리기 급급했던 분위기 속에서 자란 나에게는 충격으로 다가왔다. 하지만 오히려 브라질 사람들의 너무나 자연스러운 모습을 보고 동공을 흐리고 있던 내가 가장 부자연스럽게 돋보였을 것이다. 사실 여자인 나도 감히 직시하기 힘들었다. 오죽하면 비키니 팬티에 치실이라는 별명이 붙었을까. 우리가 아는 그 치실이 맞다.

얼른 나의 칙칙하고 얌전한 수영복을 가리기 위해 모래사장을 누비던 상인에게서 깡가를 샀다. 브라질 해변에 가면 깡가(canga)라고 하는 천 돗자리를 파는 것을 쉽게 볼 수 있다. 뜨거운 햇빛을 축복처럼 즐기는 브라질 사람들은 이것을 모래사장에 깔고 눕기도 하고, 비키니 위에 원피스나 치마로 만들어 입고 다니는 등 꽤나 활용도가 높다. 그중에서도 브라질 국기 그림이 그려진 깡가는 외국인들에게 단연 인기. 등 뒤로 펼쳐 들고 펄럭이는 브라질 국기 인증샷을 남기는 게 친구들 사이에서 약간의 유행이기도 했다. 초록색 바탕에 노란 포인트의 국기는 브라질의 어느 여행지에나 잘 어울렸다.

해가 머리 꼭대기에서 한참을 머무르고 있을 때, 파라솔 밑에 앉아 코코넛에 빨대를 꽂아 마시던 중, 치즈 파는 아저씨가 기계를 한 쪽에 짊어지고 우리 앞으로 온다. 한국 해변에는 치킨 파는 아저씨들이 돌아다니는 것처럼, 브라질 해변에는 바로 앞에서 향긋한 허브 솔트를 찹찹 뿌린 꼬챙이 치즈가 돌아다닌다. 해변과 치즈라니 익숙하지 않은 조합. 한 여름 날씨에 치즈를 녹이는 모습을 직관하는 건 꽤나 괴롭지만, 일단 입에 넣으면 풍미에 혀가 녹아내린다. 부드럽고 짭조름한 감각이 바닷바람에 취한 정신을 깨운다.

꼬챙이 치즈 외에도 브라질 바다를 제대로 즐기려면 깡가를 깔고 누워 맥주 혹은 코코넛 음료를 마시며 레게나 보사노바 음악을 들어야 한다고 말하고 다니는 편이다. 파라솔과 의자가 있지만 굳이 모래바닥으로 내려와 고집스럽게 누웠다. 브라질 언니들처럼 멋있고 매끄럽게 살이 그을려 지길 바라며 살짝살짝 잠이 들었다가 깨기를 반복한다. 포르투갈어로 이야기하는 브라질 사람들의 대화가 마치 보사노바를 노래하는 것처럼 들려와 몸과 마음이 편안해진다. 바다 냄새가 가득 밴 모래 냄새를 맡으며 눈을 감고 있으면 아까 먹었던 치즈처럼 온몸이 녹아내릴 것 같은 기분이다.

밤의 리우를 기다리며 낮의 리우를 마음껏 즐기고, 사람들이 주고받는 보사노바를 감상한다.

낯선 이의 관심

"안녕, 혼자 왔어?"

리우의 야경을 보러 빵산(Pão de Açúcar)에 올라 맥주 한 캔을 시원하게 따자마자 누군가 리우 지역 사투리가 가득 묻어 나오는 말투로 말을 건네 왔다. 물론 영어가 아닌 본인의 모국어로. 옆을 보니 짧지만 뽀글거리는 천연 곱슬의 남자가 나를 보고 웃고 있었다. 윽, 또 시작됐다. 남자건 여자건, 브라질 사람들은 동양인 여자가 혼자 있는 꼴을 못 본다. 모처럼 감상에 젖을 지금 이 순간만큼은 방해 받고 싶지 않아 무심함을 잔뜩 섞어 그렇다고 짧게 대답하고 다시 고개를 저 아래 내려다보이는 리우 시내로 옮겼다. 딱 봐도 외국인인 내가 포르투갈어로 대답하자 그는 좀 더 편하게 이런저런 말들을 쏟아내기 시작했다. 아… 난 왜 그의 말을 알아 들었을까. 왜 대답해버렸을까. 스스로를 잠시 탓해보지만 이미 내뱉은 말. 보통 이런 경우에는 못 알아듣는 척하며 돌려보내곤 했는데 이미 대답한 이상 발뺌할 수가 없었다. 어느 나라에서 왔냐부터 시작해서 이렇게 예쁜 여자애가 왜 혼자 있는지, 자기는 케이블카 직원인데 너는 혼자 여행 왔냐, 남자친구는 어디 있냐 등 브라질 남자들의 적극적이고 뻔한 레퍼토리를 늘어놓는다. 나는 그의 얼굴보다 리우의 야경이 더 보고 싶었기에 끈질기고 지루한 대화를 이어나갈 여유를 그에게 내어주고 싶진 않았다. SNS 친구를 하자길래 '나는 그런 거 안 써'하고 20대의 말도 안 되는 핑계를 대며 눈치를 줬다. 하지만 눈치가 없는 건지 없는 척하는 건지 이번에는 왓츠앱(카카오톡과 비슷한 앱) 번호를 교환하자고 한다.

"미안, 나 일행이 밑에서 기다리고 있어서 이제 내려가봐야 할 것 같아. 반가웠어!"

마음에도 없는 말을 가뿐히 내뱉고는 뒤도 돌아보지 않고 헐레벌떡 내려왔다. 덕분에 혼자 야경을 감상할 기회를 뺏긴 것 같아서 아쉬웠다.

이렇듯 브라질은 처음 보는 이성에 대한 관심 표현이 무척이나 대담하고 적극적이다. 그다지 우물쭈물 망설이지도 않고 자신만만하게 돌직구를 날린다. 거절당하더라도 쿨

하게 오케이하고 다른 이에게 똑같은 시도를 하니 걱정 말고, 거절하고 싶으면 분명한 의사표시를 해도 된다. 아니, 그렇게 해야 한다. 우리나라에서처럼 예의 지킨다고 웃으며 받아 주다가는 자신에게 관심 있다고 오해하며 그 자리에 붙잡혀서 몇 시간 동안 재미없는 이야기를 들어주다가 한국에 와서도 그의 페이스북 메시지에 시달릴지도 모른다. 그러니 브라질에서만큼은 의사 표현을 확실하게!

까리오까와의 삼바!

리우의 밤은 낮보다 더 빛난다. 자유와 생기로 가득 찬 거리와 해변. 거리 곳곳에 모여 시원한 여름밤을 더 시원하게 보내기 위해 맥주를 들이켜는 사람들, 그 사이사이를 메우는 삼바와 보사노바 음악. 기나긴 리우의 밤을 라빠(Lapa)에서 보내기로 한다. 이곳은 서울의 홍대랄까, 수많은 클럽이 있고 차도와 인도 구분 없이 다들 길거리에 서서 술을 마신다. 하지만 그만큼 위험한 곳이기 때문에 항상 주의를 기울여야 한다. 저녁에는 낭만적인 바다 냄새가 가슴 뛰게 만들지만, 동시에 빈부격차가 심한 관광도시인지라 치안이 좋지 않으므로 나를 긴장하게 만드는 곳이기도 하다.

오늘 가기로 한 라이브 클럽은 오래되고 유명한 까리오까 다 제마 (carioca da gema). 까리오까는 리우 사람을 지

칭하는 말로, 까리오까 다 제마는 '찐 토박이 리우 사람'이라는 뜻이다. 적당히 오래된 세월이 느껴지는 나무 계단을 지나 어두운 조명 아래 적갈색 벽돌이 은은하게 어울리는 공간으로 들어섰다. 이름과는 살짝 다르게 반은 외국인 관광객, 반은 까리오까로 채워진 듯 영어와 포르투갈어가 한데 섞여 나온다. 자유로운 해변 도시의 분위기에 어울리는 크고 화려한 액세서리로 치장한 여자들, 알록달록 색감의 셔츠에 쪼리 슬리퍼를 신은 남자들이 상기된 얼굴로 이야기하고 있다. 얼른 나도 저 사이에 끼고 싶은 마음에 기분 좋은 긴장감을 느낀다. 분위기를 살피다가 좋아하는 마라쿠자 보드카 칵테일을 주문한다. 달지만 알코올 향이 진하게 풍기는 최애 칵테일을 홀짝이며 기다리고 있으니 크고 작은 악기들을 손에 든 연주자들이 무대에 오른다. 무대 앞에는 그보다 낮은 스테이지와 양쪽으로 테이블 몇 개가 있고, 중앙에는 박수를 치며 서 있는 사람들로 어느새 가득 찼다.

무대의 시작은 조용히, 은근슬쩍 분위기에 합류하려는 듯 느리게 흘러나오는 보사노바였다. 그렇지, 곧바로 삼바로 직진하기엔 이르지. 살랑살랑, 대화를 하던 사람들이 저도 모르게 몸을 움직였다. 서서히 연주가 진행되고 30분 뒤, 서서 이야기를 나누고 있던 사람들, 테이블에 앉아 술을 먹던 사람들이 어깨와 엉덩이를 슬금슬금 움직이기 시작했다.

ON THE STAGE,
THANK YOU.
THE MANAGER

Luiz Carlos da Vila
(foi lá que eu andei)
Por causa dela
A moça da cor de canela
Fiz meu nome na favela
Fui boêmio do Capela
Sou querido no meio do meu pessoal
PLEASE DO NOT
ON THE STAGE,
THANK YOU.
THE MANAGER
A GERÊNCIA

그리고 음악은 점차 삼바로 분위기가 바뀌어, 곧 모두가 중앙에 모여 한 손에 술잔을 들고 현란하게 스텝을 밟았다. 어떤 이는 손에 들고 있던 맥주병이 방해가 된다는 듯 원 샷으로 가볍게 비워낸 후 이내 자유로워진 몸으로 삼바를 추기 시작했다. 바로 옆에서 춤추는 사람들을 구경하며 뻘쭘하게 앉아 있으려니 나도 엉덩이가 들썩거렸다. 결국 자리에서 일어나 의자를 밀어 넣고 소심하게 몸을 흔들며 라이브 연주에 맞춰 춤을 추기 시작했다.

이국적인 리듬에 놀란 내 팔다리와 허리는 제각기 날뛰느라 주체가 되지 않았다. 사실 나는 옛날 옛적부터 삼바 배우기를 포기했었다. 춤 선생인 브라질 친구에게 아무리 전수받아도 내 속에 브라질인의 피가 흐르지는 않는 법. 대신 마음 가는 대로 춤을 추기로 했다. 삼바 못 추면 뭐 어때? 그냥 신나게 즐기면 되지! 내 흥에 겨워 라이브 연주에 맞춰 한참 동안 온몸을 꿈틀대다 언뜻 춤추는 주위 사람들의 나이대가 정말 다양하다는 것을 알아챘다. 나처럼 젊은 외국인부터 60대는 되어 보이는 할아버지까지. 남녀노소 할 것 없이 다들 춤을 추며 홀을 열기로 채우고 있었다. 외국인 관광객들은 까리오까들의 춤사위를 구경하며 본인들도 흥을 내느라 바쁘다.

그러던 중 현란한 발 놀림으로 유독 눈에 띄던 베레모의 중년 남자가 중앙을 휩쓸고 난 뒤 구석에 있는 내 앞으로 점점 다가왔다. 그러고는 자연스레 같이 춤을 추기 시작했다. 여기서 중요한 건 그가 '내 리듬'에 맞춰 춤을 추고 있다는 것이다. 삼바가 아닌 자유롭고 엉망인 나의 춤에! 역시 잘하는 자보다는 즐기는 자가 이기는 것인가. 서로가 서로의 춤을 따라 하며 추다 보니 어느 정도 겉보기에는 삼바 비스무리한 춤을 추는 것처럼 보였을지도? 물론 내 착각이겠지만. 춤은 자신감이 반이라고 생각하는 나는 이미 이곳의 분위기에 흠뻑 심취해 열심히 엉덩이를 흔들어 댔다. 나를 포함한 바 안의 사람들은 지치지 않았고, 내가 사랑하는 이 나라에 한 층 더 가까워졌음을 온몸으로 느꼈다.

인생에 가장 지루한 때가 온다면
곧바로 떠올릴 것이다.

브라질에서 가장 화려하고 뜨거운 도시
리우에서 까리오까들과 삼바를 추던
이 순간을!

파벨라에서 마주친 눈들

타고난 천운을 믿으며 겁 없이 돌아다니던 시절이었다.

리우데자네이루에서 거의 모든 관광객들이 향하는 예수상 말고 기억에 남을 만한 특별한 경험을 하고 싶었던 나와 민경이는 게스트하우스 벽에 붙은 파벨라 투어(Favela tour) 안내 종이를 보고 눈을 번뜩였다. 혼자서는 감히 범접할 수 없는 브라질의 우범지역이자 빈민촌인 파벨라를 가이드를 따라다니며 나름 안전하게 구경할 수 있는 그룹 투어였다. 대낮에도 총격전이 비일비재하게 일어난다는 파벨라. 하필 이럴 때 '이런 걸 또 언제 해보겠어!'라는 주문이 다시 발동했다. 새로운 경험과 기회 앞에서 나를 등 떠미는 마법의 주문이다. 이 주문 하나로 여행자 모드의 나는 언제나 예스맨이 된다.

기대와 긴장감이 뒤섞인 채 최대한 단출한 차림으로 숙소를 나섰다. 우리를 태운 투어 차량은 파벨라 중에서도 투어로도 다닐 수 있을 만큼 그나마 덜 위험한 호시냐 (Rocinha) 지역으로 향했다. 오늘 우리의 목숨을 맡긴 가이드는 자신이 파벨라 지역 사람들과 친분이 있어 안전하다며 여유로운 미소를 지어 보이고는 10명가량 모인 아시아인과 유럽인들을 안심시켰다. 다들 호기심에 투어 신청을 하긴 했지만 막상 발을 들이려니 긴장되는 표정이었다. 아무도 알아듣지도 못하는 브라질의 지역 뉴스에 보도되고 싶진 않을 것이다. (훗날 브라질 동료들에게 파벨라 투어를 했던 경험을 자랑스럽게 늘어놓았더니 미치지 않고서야 그걸 왜 하냐며 한소리 들었다.)

그렇게 마른침을 삼키며 들어선 파벨라는 돌산 사이에 판잣집들이 빽빽이 자리한 모습이었다. 돈과 집이 없는 사람들이 쫓기고 밀리다 못해 가파른 경사의 이곳까지 뻗친 것이다. 언뜻 보면 우리나라의 달동네와 비슷한 느낌이기도 했지만 훨씬 어두운 회색빛을 띄고 있었다. 갑자기 웃음기를 가신 가이드는 본격적으로 투어를 시작하기 앞서 주의사항을 강조했다.

"사진은 제가 알려주는 지점에서만 찍고, 그 이외에는 절대 카메라를 밖으로 꺼내거나 들고 다니지 마세요. 물론 휴대폰도 아무 데서나 꺼내면 안 됩니다. 안전한 지점은 제가 잘 알고 있으니 믿고 따라와 주세요!"

모두가 조금은 굳은, 비장한 얼굴로 고개를 끄덕이고는 목에 걸고 있던 소중한 카메라를 빼내 얌전히 가방 속에 넣었다. 유치원생이 된 것처럼 말을 잘 들을 수밖에 없었다. 나와 민경이는 혹시 번쩍거리는 귀걸이나 목걸이를 깜빡하고 착용하고 있지는 않은지 서로를 꼼꼼히 살펴주었다.

투어 내내 가이드는 반가운 친구들을 만난 것처럼 그곳 사람들과 악수와 포옹을 하며 인사했다. 아는 얼굴들을 만날 때마다, 무표정의 파벨라 주민들이 가이드와 인사할 때 짓는 미소를 볼 때마다 은근 안심했다. 하지만 이내 긴장을 풀고 이곳이 어딘지를 잠시 잊은 여행객들이 품에서 카메라를 꺼내려고 할 때면 가이드가 엄격히 주의를 줬다. 나도 모르게 주머니 속 핸드폰을 힘주어 꽉 쥐었다. 우리는 사진을 찍고 싶은 풍경을 마주할 때마다 가이드에게 여기는 괜찮냐며 어린아이처럼 자꾸 묻고 의지했다. 돌발행동 따위는 절대 하고 싶지 않았다. 골목은 너무 좁아 두 사람이 나란히 걸을 수 없었고, 지나다니는 길목마다 열려 있는 창문으로 집 안의 내부가 훤히 보였다. 그때마다 그 안의 무표정한 얼굴과 눈이 마주쳤다. 요즘 부산의 어느 달동네는 알록달록 예쁜 색을 칠해 유명한 관광지가 되었다던데 이곳에선 전혀 그런 느낌을 찾을 수 없었다. 파벨라는 그저 밀려난 사람들의 마지막 보금자리였다.

호시냐는 실제 파벨라 지역을 배경으로 한 브라질의 유명한 범죄 액션 영화 신들의 도시 (Cidade De Deus)를 떠올리게 하면서도 그냥 사람 사는 동네 같기도 했다. 사실 실제로 사람 사는 동네가 맞다. 투어를 위해 만들어진 관광상품이나 영화 세트장이 아니었다. 이곳 사람들이 우리를 못마땅하게 여긴다고 해도 할 말이 없었다. 그저 사람 사는 동네인데 뭐가 그리 신기하다며 돈을 내고 찾아와서 사진을 찍고 우리를 흘끔흘끔 쳐다보는지 못마땅하게 생각하겠지.

주민들에게 구경거리가 된 느낌을 주고 싶지 않아 최대한 눈을 바닥으로 내리깔고 앞사람의 뒤꿈치에 시선을 고정하여 걷던 중, 얼핏 보고야 말았다. 지나가던 사람의 상체에 매달린 꽤 기다란 총. 순간 심장이 쿵 내려앉아 못 본 척하고 걸음을 재촉했다. 그것이 실제 총인지 가짜 총인지 알 수는 없지만, 우범지역에 있는 총 모양이라 하면 장난감 총은 아닐 것이라는 확신이 들었다. 그냥 사람 사는 동네인 것 같다가도 이렇게 한 번씩 낯설지만 그들에겐 일상인 모습이 나타났다. 도대체 어떤 삶이 존재하는 걸까.

얌전히 줄을 지어 가다가 잠시 멈추어 동네 주민들이 준비한 짤막한 거리 공연이 시작되었다. 투어에 포함되어 있는 공연 비슷한 것이었는데, 간단한 악기를 설렁설렁 두들기며, 하지만 꽤 흥겨운 노래를 불러주었다. 오늘의 투어 중 유일한 공연의 순간에도 아무도 카메라를 들지 못했다. 짤막한 공연이 끝나자마자 아이들이 익숙하다는 듯 플라스틱 통을 들이민다. 왠지 가만히 있으면 안 될 것 같아서 가장 작은 단위의 지폐 한 장을 꺼내 조심스레 통에 넣고 따봉을 치켜들었다. 액수가 마음에 안 들면 어쩌지 하며 그들의 눈치를 잠시 살폈다. 다행히 수금을 마친 그들은 쿨하게 좁은 골목으로 사라졌다.

그때, 해맑은 꼬마아이가 어떤 할아버지 여행객의 중절모를 보고 손가락으로 가리키며 연거푸 예쁘다고 말했다. 할아버지는 칭찬 고맙다는 인사를 하고는 다시 투어 행렬을 따라갔다. 그런데 그 꼬마아이가 차츰 따라오더니, 어느새 할아버지 옆으로 가 다시 말을 걸었다.

"그 모자 나 줘요."

마치 원래 내 거였다는 마냥 당당한 요구에 가까운 말이었다. 당황스러웠다. 유럽 할아버지는 알만하다는 듯 고개를 절레절레 휘저으며 가던 길을 재촉했다. 실망한 꼬마가 괜히 뒤따라 가던 나에게 와서 뭔가를 예쁘다고 할까 봐 서둘러 자리를 떴다.

가이드를 따라다니는 2시간여 동안 많은 아이들의 크고

맑은 눈들을 목격했다. 저렇게 순수하고 깊은 눈을 가진 아이들이 10년 후에 마약과 총을 거래하는 어느 조직의 충성스러운 일꾼이 될 수 있다는 생각이 드니 괜히 마음 한 켠이 꽉 막혔다. 바로 건너편의 안전한 고층 빌딩에 살고 있는 하얀 피부의 아이는 빈부격차에 대해 실감이나 할까. 파벨라에 살고 있는 아이들이 다른 곳에서 태어나 자랐으면 어땠을까. 물론 모두가 그런 길을 가는 건 아니지만 확률적으로 더 나은 삶을 살게 되리라는 생각에 안타까운 마음이 들 수밖에 없었다. 태어난 모두가 출신을 선택할 수 없기에 공평하면서도 동시에 불공평한 것이다. 특히 질병이나 죽음에 훨씬 가깝게 노출된 환경에서 사는 삶은 분명 쉽지 않고, 꿈이란 걸 꾸기엔 당면한 문제들이 너무나도 심각하리라.

감히 상상조차 되지 않아 한국으로 돌아온 뒤 파벨라에 관한 다큐멘터리를 찾아보았다. 파벨라 주민들은 여느 가족과 똑같이 가족들을 사랑하고 챙기고, 그중에는 학교를 다니며 공부하는 아이도 있었다. 다만 다른 조직원이나 경찰들의 총에 맞아 자신의 형제나 부모가 어떻게 될까 봐 서로의 안위를 걱정하는 일상이 우리와 달랐다.

무탈히 투어를 마치고 숙소로 복귀했지만 한동안 아이들의 눈이 기억에 남았다.

그곳에서 만난 아이들이 부디 법의 테두리 내에서 하고 싶은 것을 이루며 사랑하는 사람들과 건강하게 살아가기를 바랄 뿐이다.

나 홀로 여행에 대한 로망. 누구나 한 번쯤은 분명 꿈꿔 봤을 거라 생각한다. 나 또한 틈틈이 기회를 엿보다가 브라질에 머물며 담대해진 자신감과 근거 없는 용기가 더 이상 마음속에 간직할 수 없을 만큼 커지자, 홀로 여행을 계획했다.

목적지는 북동부의 시골 마을 제리코아코아라. 어느 남미 여행기를 통해 알게 된 뒤, 언젠가는 그 꿈같은 곳에 꼭 가리라 다짐했었다. 하지만 아무도 멀고 더운 시골 마을에는 관심 없었다. 반강제로 홀로 여행이 확정되었지만 막상 혼자 가려니 불안한 마음에 제리의 근처 대도시 포르탈레자에 사는 키 2m의 브라질 친구에게 메시지를 보냈다. 그는 기뻐하며 여행에 합류했다. 그의 엄마와 함께…! 어쩌다 보니 브라질 모자의 오붓한 여름휴가에 내가 낀 모양새가 되었지만 적당히 각자의 자유시간도 가지기로 하여, 반쪽짜리 홀로 여행에 대한 만족감은 결코 줄어들지 않았다.

제리코아코아라는 브라질 북동부의 해안 도시 포르탈레자(Fortaleza)에서 차로 6시간 정도 떨어진 아주 조그마한 시골 마을이다. 시외버스로 5시간, 그다음 비포장도로가 시작되는 곳에서 용달차로 갈아타 또 1시간을 가야 도착할 수 있었다. 여행을 간다기보다는 어딘가에 노동력이 팔려 단체로 운반되는 모양새에 더 가까웠다. 하지만 사람들 틈에 끼어 모래 먼지가 풀풀 날리는 곳을 달리면서도 마냥 설레기만 했다. 오히려 이렇게 좋지 못한 접근성이 제리의 매력이라고 굳게 믿었다. 가본 적도 없는 곳에 대한 이상한 확신. 세상과 동떨어져 있는 무인도를 향해 가는 느낌이랄까.

마을의 중심가로 보이는 곳에 도착해 용달차에서 내려 뜨겁게 달궈진 모래사장에 발을 디뎠다. 금방 나올 줄 알았던 아스팔트 길이 나오지 않아 내 하반신 보다 큰 캐리어를 들고 뜨거운 모래 속에 발을 푹푹 빠뜨리며 열심히 걸었다. 신고 있던 쪼리마저 금세 달아올라 발바닥에 그대로 전해져 오는 열기를 애써 밀어내며. 주황색 지붕의 호스텔은 제리의 끄트머리, 그래 봤자 바다에서 도보 15분 거리의 조용한 곳에 있었다. 번화가와 조금 떨어져 있는 편이었지만 오히려 왔다 갔다 하면서 마을 구경하기에 좋았다. 이번 여행의 목표인 혼자 여행의 정신에 입각해 일부러 친구 모자와 다른 숙소를 잡은 것이었다. 뽀송한 침대가 야무지게 채워진 여성 16인실이지만 예상외로 깔끔하고 예쁜 숙소에서 기분 좋은 에너지가 뿜어져 나왔다.

제리에서의 첫 아침, 눈을 뜨면서 어제와는 다른 천장을 보고 여행을 실감했다. 두근두근. 내가 기대한 건 여행지를 알아가는 재미일까, 어떤 이벤트일까, 혹은 우연한 인연일까.

상쾌하게 아침 바다 산책을 마치고 조식을 먹으러 주방에 들어섰다. 귀여운 알록달록 식탁보 위에 깔끔하게 세팅되어 있는 빵과 과일, 주스. 세상에 이렇게 조식까지 귀여운 게스트하우스가 존재하다니! 감격에 겨워 아침을 먹고 있었는데 턱수염이 덥수룩한, 아침부터 웃통을 깐 남자 둘이 건너편 식탁에 앉았다. 빵에 집중하고 있다가 눈이 마주치자 왠지 모를 가벼운 마음으로 먼저 인사를 건넸다.

"봉지아!" (Bom dia - 좋은 아침!)

어색한 듯 찰나의 침묵.

"넌 어느 지역에서 왔어?"

B

둘 중 한 남자가 콧수염과 턱수염 사이의 입을 가볍게 웃어 보이며 답한다.

“벨로 오리존치에서 왔어. 지금은 휴가를 즐기고 중이야. 너는?”

“나는 꾸리치바에서 오긴 했는데… 한국인이야!”

“정말? 브라질 사람인 줄 알았어! 포르투갈어 어디서 배웠어?”

요즘 들어 가끔씩 듣는 이 말에 괜히 기분이 좋아진다. 적응을 잘 하고 있다는 반증이니까.

눈을 동그랗게 뜨고 나를 쳐다보는 그의 이름은 따우안. 처음 들어보는 이름이라 제대로 발음을 잘 못했더니 인디언 이름이라 그럴 수 있다며 꽤나 혈통적 자부심을 보이며 껄껄 웃는다. 다시 보니 까맣고 덥수룩한 수염이 매력적인 남자다. 그리고 따우안 옆에 자잘한 문신과 젖꼭지에 피어싱을 한 또 다른 브라질 남자가 앉아있었다. 저널리스트라는 펠리피. 괜히 그의 피어싱을 훔쳐볼 때면 약간의 아픔이 느껴졌다. 음반 가게 사장님처럼 보였는데 저널리스트라고 해서 조금 놀란 표정을 지었더니 그런 반응은 생전 처음이라는 듯, 실례라는 듯 오히려 그가 놀란다.

“왜? 너무 안 어울려?”

하긴 그들에게는 어떠한 직업에 대한 선입견도 통하지

않는다. 말하기 좋아하는 이 친구는 가벼운 인사를 시작으로 점차 인생에 대해 논하기 시작했다. 우리 삶에서 휴식과 여행이 얼마나 중요한지, 우리가 이렇게 제리에 와서 보내는 이 시간이 어떤 의미인지, 돌아간 후의 일상에는 또 어떤 영향을 끼칠 것인지 등등. 신기하게도 아침부터 하는 진지한 대화가 전혀 부담스럽지 않았다. 그저 놀기만 좋아하는 사람들인 줄 알았는데, 긍정적인 마인드와 미소에는 다 뿌리가 있었다.

그리고 순간 느꼈다. 여행에서 마주하는 설렘의 첫 시작 단계에 있다는 것을. 낯선 숙소에서 만난 낯선 사람과의 어색한 듯 시작한 대화. 불편하지만 흥미롭기도 한 소중한 첫 대화인 것이다. 새로운 관광지, 새로운 음식, 비행기에서 바라보는 창문도 물론 설레지만, 돌이켜보면 낯선 숙소에서 새로운 사람들을 자연스레 만나고 이야기를 나누는 그 순간들이 참 소중했다. 여행에서만 누릴 수 있는 그것. 낯선 사람을 경계해야 할 때도 있지만 무언의 확인을 마친 뒤 점차 말과 눈빛을 섞을 때, 여행의 이야기는 이전과 달라진다. 경계가 느슨해지고 난 뒤에는 새로운 감정이 고개를 드는데, 우리는 이런 걸 보통 설렘이라고 부른다. 여행지에 대한 설렘처럼, 여행객에 대한 설렘. 꼭 사랑에 빠지지 않더라도 객지에서 처음 만난 여행자는 나를 또 다른 곳으로 여행하게 한다. 마치 그가 경험한 것들을 눈앞에서 간접 경험하듯, 세계를 확장해 나가는 것이다.

서로 가깝지만 다른 테이블에서 마주 보고 앉아 이야기를 하며 각자의 빵을 먹고, 나는 다음을 기약하며 먼저 자리를 뜨려 했다. 그때 같은 방을 쓰던 아침부터 화려한 치장의 브라질 아줌마가 눈을 찡긋거리며 눈치를 준다.

"아니 왜 벌써 일어나? 조금만 더 하면 될 것 같은데 빨리 가서 더 꼬셔봐 봐~"

아줌마, 그러다 다 들리겠어요. 그리고 세수도 안 했는데 무슨.

새로운 친구들이 생긴 유쾌한 아침이자, 제리에서의 본격적인 여행이 시작되었다.

모래 언덕과 지는 해

"이 시간에는 제리의 모든 사람들이 다 모래 언덕 위로 모일 거야."

노을의 모래 언덕(Duna de pôr do sol)이라는 이름의 이 사구는 바로 옆 해변의 모래사장과 마치 한 몸인 듯 자연스럽게 연결되어 있는 형태였다. 해변의 모래사장이 오르막길로 이어져 거대한 사구를 형성하는 그런 자태.

본격적으로 해가 질 때쯤 되자 해변에서 놀던 사람들이 신발을 벗어 손에 쥐고 줄을 지어 언덕을 오르기 시작했다. 어영부영하다가는 자리 잡기 어려울 듯하여 나도 얼른 한 손에는 쪼리, 한 손에는 병맥주를 들고 행렬에 합류했다. 바닷바람 부는 모래 언덕 위로 사람들의 행렬이 이어지는 모양은 마치 순례자들이 메카로 향하는 듯한 장면이었다.

미지근하게 식은 모래에 발을 푹푹 빠뜨리며 조금 힘겹게 올라 숨을 고르고 나니 감탄할 만한 주변 경치가 눈에 들어왔다. 석양은 타이밍 좋게 바다 바로 위에 조금의 찌그러짐도 없이 완벽하게 동그란 모양으로 불타고 있었고, 바다 위에는 사람이나 배, 섬 같은 것들이 하나도 섞여 있지 않아 보기 드문 잔잔한 수평선을 이루고 있었다. 어떤 외국인들은 브라질 국기가 그려진 천 돗자리를 망토처럼 매고 언덕 밑으로 뛰어내리며 놀지만, 대부분은 차분히 모래 언덕에 앉아 석양을 바라보며 찰나의 소중한 순간을 눈에 담고 사진을 찍고 있었다. 가족들과, 친구들과 함께. 훗날 꺼내어 볼 추억을 남기는 중인 것이다. 돌아간 일상에서 바쁘게 사느라 하늘을 올려다볼 여유 같은 건 없는 진짜 삶의 중간에, 옆 사람과 안주 삼아 이야기할 오늘의 귀한 노을.

모두가 일제히 같은 곳을 바라보던 때, 해가 마지막 정수리를 미련 없이 바닷속으로 감추고 남은 여운만 텅 빈 하늘에 짙게 퍼진다. 그리고 이 타이밍에 시원한 맥주 한 모금! 바람이 싣고 온 모래 알갱이가 씹히는 게 분명했지만 그래도 꿀맛이다.

게으른 자들의 지상낙원

아침 7시 30분. 눈을 뜨자마자 대충 고양이 세수를 하고 바다로 나갔다. 아직 다들 자고 있는지 안 그래도 한적한 제리 마을은 한층 더 조용했다. 작은 모래바람을 만들어내는 슬리퍼가 찹찹 발바닥과 부딪히는 소리만 들린다. 여름 아침 바다, 시장에서 산 5천원짜리 얇은 원피스, 선글라스, 그리고 책 한 권. 좋아하는 것들에 둘러싸여 몸을 깨우며 맞는 아침 공기는 상쾌했다.

해변에 도착해 썰물로 쓸려간 물이 만든 넓고 부드러운 진흙 바닥을 맨발로 걸었다. 감촉이 좋아 발바닥이 예민해진다. 간간이 이어폰을 꽂고 조깅하는 사람들이 아침인사를 건네며 지나가고, 어느 한 쪽에는 진흙 바닥 위에서 맨발로 브라질 전통 무술 까뽀에이라(capoeira)를 연습하는 사람

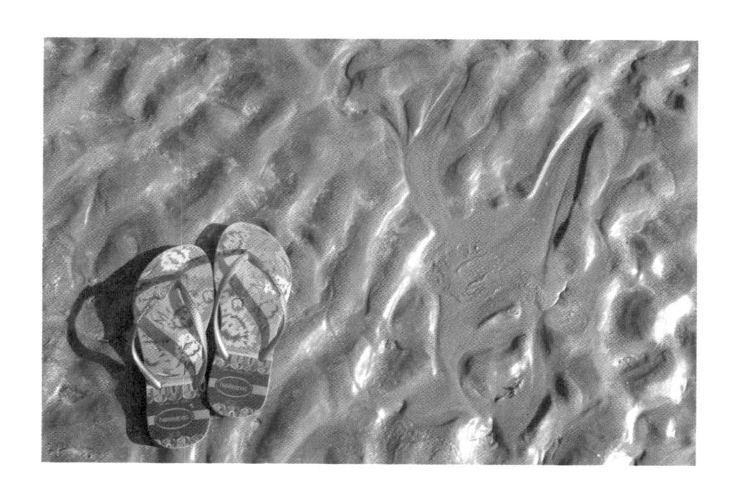

들이 보였다. 그들 사이를 지나치며 조금 짠내 나는 아침 바다 공기를 들이마신다. 저 멀리 어제 오후 늦게 석양을 감상했던 모래 언덕도 그대로 있었다. 괜히 간밤의 모래바람을 생각하며 덩치가 조금 줄어든 것 같은 느낌이었다.

낮에는 적당히 해가 드는 파라솔 자리를 고르고, 거추장스러운 티셔츠를 벗고 수영복 차림으로 누워 낮잠을 잤다. 이제야 숨이 좀 쉬어지는 것 같았다. 평소의 일상이나, 여행지에서는 시간이 주어지면 핸드폰부터 켜고는 무얼 하며 시간을 알차게 보낼지 고민했다. 마치 한가로움이란 말은 있어서는 안 되는 무서운 단어인 것처럼. 시간을 버리는 것 없이 꽉꽉 채워 써야 한다고 늘 생각해 왔다. 심지어 쉬는 것도 열심히 쉬어야 한다고 누군가는 말했다. 맞고 틀리는 것은 없지만, 나에게 그건 가짜 휴식이었다고, 정오의 한가로운 파란 바다를 맛본 오늘에서야 결론 내렸다. 딱히 할 것 없는 상태가 이렇게 마음 편한 것임을 이제야 알 것 같았다. 비록 친구들에게 오늘 본 것과 한 것들을 자랑삼아 나열할 것은 없었지만, 사진첩에는 각도가 다른 바다 사진 몇 장이 더해질 뿐이었지만, 스스로는 깊은 곳에서부터 점점 채워짐을 느꼈다. 아무 걱정도, 계획도, 생각도 할 필요 없이 그저 충분히 쉬면서 순간의 감정을 고스란히 느끼면 되었다. 온전히 나를 공들여 천천히 바라보는 것은 덤이었다.

제리는 브라질 다른 관광지에 비해 사람의 손때가 덜 묻어 있는 자연 그대로의 순박함을 가지고 있었다. 무엇이든지 5초 이상 생각이나 고민 따위를 하지 않는 지금의 게으른 나 같은 사람들에게는 지상낙원과 같은 곳. 이곳에 머무는 사람들은 하나같이 제리를 사랑했고, 여유로움 그 자체를 누렸다. 여행이기에 하나라도 더 즐기고 봐야 한다는 강박 따윈 존재하지 않는다는 듯이 느긋하게 쉬고, 때가 되면 바다로 나가고, 누구도 발걸음을 재촉하지 않았다.

그동안 관광에 가까운 여행을 했던 나에게 제리는 너무나도 새로운 곳처럼 느껴졌다. 하루 안에 가야 할 관광명소를 다 돌아볼 수 있을까 걱정하며 동선이란 이동 시간을 계산할 필요가 없어 오히려 뭘 해야 할지 당황스럽기도 했다. 하지만 그것도 아주 잠시. 메인 스트리트가 가로 세로 각각 3줄이 전부인 마을을 대략 파악하고 나자, 길치인 나는 길 잃어버릴 걱정을 하지 않아도 된다는 사실과 정해진 기간 동안 많은 곳을 다니지 않아도 된다는 것, 아니, 다닐 곳이 없다는 약간의 강제성이 심적으로 더욱 편안하게 만들었다. 지도 없이 여기저기 발길 닿는 대로 돌아다녀도 결국에는 아는 곳이 나왔다. 작은 공간이 주는 안정감은 자유를 만들어냈다.

한가로이 숙소 아무 곳에나 퍼질러 앉아 일기를 쓸 때면 어디에서 들려오는지 알 수 없는 작은 음악 소리와 리셉션 주인의 말소리, 바람 소리만 귀에 맴돌았다. 도시에 사는 내가 별로 느껴보지 못한 여유로움 가득한 공기. 덕분에 오늘은 뭘 하지, 내일은 어디를 가야 하지 같은 생각, 계획들이 머릿속에서 점차 사라져갔고, 그 빈 공간을 파도 소리가 채웠다. 시간을 낭비하듯 흘려보내다가 해가 떨어질 때가 되면 아무도 없는 넓은 언덕에서 혼자 바닷소리를 들으며 태양이 바다 너머로 숨는 것을 조용히 지켜보는 하루.

여유와 낭만으로 가득 찬 게으르고도 사랑스러운 마을 제리에서만큼은 나도 느리게, 천천히 스스로를 흘려보내고 싶어졌다.

삼바 말고 포호 첫 걸음 떼기

"같이 저녁 먹을래? 여기 숙소에서 지내는 사람들이랑 나가기로 했는데."

같은 방을 쓰는 브라질 여자 줄리아나가 아무렇지 않게 한 말에 나는 잠시 멈칫했다. 이제껏 여행하면서 처음 만난 사람과 한 테이블에서 밥을 먹어 본 적이 없었던 것이다. 조금은 낯을 가리는 한국에서 온 여자는 깊은 고민에 빠졌다. 말도 잘 못하는 내가 끼면 어색해지지 아닐까? 쟤는 다른 사람들한테 물어보지도 않고 나를 막 데려가도 되나? 이미 모두들 친해져 있는데 괜히 껴서 불편한 자리를 만드는 거 아냐? 그 짧은 찰나에 별 생각이 다 들었다. 하지만 나의 쓸데없는 걱정을 전혀 눈치채지 못한 그녀는 여전히 거울 앞에서 머리를 빗고 있을 뿐이었다. 결국 선한 마음으로 날 초

대한 줄리아나를 믿고 따라나서기로 했다. 다른 친구들이라고 해봤자 브라질 사람 한 둘이겠지 뭐. 그 정도는 괜찮을 거야….

"그럼… 그럴까?"

호스텔 입구로 나갔더니 뭔가 왁자지껄한 소리가 들려온다. 엄청난 속도의 스페인어가 한데 뒤섞여 공중에 떠다니고 있었다. 줄리아나가 그 속에 들어가 인사를 하더니 나를 소개한다.

"이쪽은 은지, 한국인이야."

아침에 보았던 펠리피가 반갑다는 듯 싱긋 웃어 보인다. 그리고 다른 사람들은… 스페인 커플 2명에 아르헨티나 사람 1명. 잠깐만… 나 빼고 다들 스페인어를 할 줄 알잖아?! 그들에게 둘러싸여 빠른 스페인어가 난무하는 곳에서 생생한 랍스터를 먹고 있자니 목이 메었다. 여기는 분명 브라질이지만, 포르투갈어권인 브라질 사람 2명이 나머지 스페인어권 사람들을 위해 모두가 스페인어를 쓰고 있는 이상한 광경. 착한 줄리아나가 간간이 통역을 해주었지만 나중에는 그녀도 헷갈려서 스페인어를 스페인어로 통역(?)하기 시작했다. 총체적 난국이다. 웃기기도 하고 답답하기도 하고. 그나마 펠리피가 포르투놀과 바디랭귀지로 농담하는 것은 눈치껏 알아들어 남들 웃을 때 같이 따라 웃을 수 있었다.

스페인어와 포르투갈어를 섞은 것을 포르투놀이라고 하는데, 모든 언어에 규칙이 있듯이 스페인어 구성에도 일정한 규칙이 있어, 포르투갈어에 그 규칙만 접목시키면 그럴싸한 제3의 언어 포르투놀이 되어 어느 정도 대화가 가능한 것이다. 아무도 영어를 쓰지 않지만 소통이 되는 남미 국가만의 장점이랄까. 어색함과 흥미로움의 사이에서 오늘 있을 포호 파티를 기다리던 중, 따우안과 다른 브라질 일행이 자연스레 합류했다.

포호(Forró)는 브라질 북동부 전통 음악 장르인데, 삼바와 가요가 합쳐진 느낌으로 보통 남녀가 짝을 이뤄 춤을 춘다. 둘이 같이 추는 삼바라니. 대충 상상만 해도 어지러웠다. 신나게 쿵쿵거리는 음악을 듣는 순간 심장도 쿵쾅거렸다. 삼바는 대충 알지만 포호를 전혀 몰라 멀뚱멀뚱 서있던 내게 따우안과 펠리피가 자신 있게 스텝을 보여주며 춤을 가르쳐 주기 시작했다. 하나 둘 하나 둘. 스텝은 단순해 보였지만 과연 이게 제대로 되고 있는 건지 가늠조차 되지 않았다.

"생각을 버리고 몸의 느낌대로 움직이면 돼."

그게 도대체 어떤 건데?! 주위를 둘러보니 다들 둘둘 짝을 지어 쪼리 혹은 맨발로 열심히 춤을 추고 있었다. 아무도 구두나 힐 따위는 신지 않는다. 모두가 거추장스러움을 벗어던지고 최대한 자유로운 몸으로 빠르게 움직였다. 여기는 내가 낄 곳이 아니라고 생각하며 구석에서 눈동냥으로 배운 발 동작을 연습하고 있었는데 갑자기 펠리피가 손목을 잡아채 나를 춤판 가운데로 끌고 갔다.

"이만하면 충분해!"

"어어어, 잠깐만! 뭐가 충분하다는 거야?"

하지만 이미 소용없었다. 펠리피의 손에 맡겨진 내 몸은 이미 이리저리 빙글빙글 돌려지고 리드당하고 있었다. 어찌나 돌았는지 눈앞의 장면이 초 단위로 바뀌었다. 정신이 없고 어지러운 와중에도 속으로 하나 둘을 외치며 속성으로 과외 받은 스텝만 열심히 반복했다. 그런데 이게 다른 사람들 눈에는 잘 추는 것처럼 보였나 보다. 춤인지 꼭두각시 인형인지 어떻게 지나갔는지 모를 한 곡을 겨우 끝내고 기진맥진해서 계단에 앉아 가쁜 숨을 몰아쉬고 있던 그때, 펠리피와 다른 친구들이 주위로 몰려들었다.

"세상에! 포호 정말 잘 추는데? 진짜 오늘 처음 춰보는 거 맞아?"

"너는 브라질 여자가 분명해!"

그리고 심지어는 모르는 여자가 다가와 자기 사촌과 내기를 했다며 브라질 사람이지 않냐고 물어왔다. 사뭇 진지한 그녀의 얼굴에 깔깔 웃으며 한국인이라고 했더니 눈을 동그랗게 뜨며 이마를 짚는다. 내기 진 사람들 돈 내놔! 나도 모르는 내기의 대상이 되었다. 그러면서 나한테 브라질 사람인 줄 알았다며, 춤 잘 춘다고 또 한 마디씩 건네고는 사라졌다. 괜히 우쭐해져 후들거리는 무릎을 애써 진정시키고 금세 다시 일어나 춤을 췄다.

"제대로 즐길 줄 아네! 완전 브라질 사람이야!"

즐길 줄 안다는 것. 세상에는 기회와 환경이 주어지더라도 즐기지 못하는 사람들이 얼마나 많은가. 물론 나도 처음에는 낯설고 민망했지만, 이런 순간에 제대로 즐기지 않으면 결국 손해는 온전히 내 몫이라는 것을 깨닫고는 차츰 달라져왔다. 말이 전혀 안 통해 어색한 웃음만 주고받았던 10살 차이 나는 스페인 아저씨랑도 같이 스텝 연습을 하다가 친해졌다. 춤으로 인해 이렇게 마음을 열고 친근함을 느낄 수 있다니. 오히려 춤추는 순간에는 어색함이 사라졌다. 그도 나도 그냥 이 순간을 즐기고 있을 뿐이었다. 어쩌면 말보다 쉬운 건 몸의 언어였다.

남아있던 에너지를 포호 추는 데에 다 써버리고 새벽에 홀로 걸어 숙소로 돌아가던 중 오늘 하루동안 새롭게 발견한 내 모습들을 떠올렸다. 줄리아나의 갑작스러운 초대에 거절하지 않고 따라간 나, 처음 보는 이의 손을 맞잡고 춤을 추던 나, 사람들의 시선에 오히려 고개를 들던 나.

이전까지 새로운 누군가를 내 여행에 즉흥적으로 들여본 적도, 계획에서 벗어나 본 적도 없던 탓에 몰랐던 새로운 모습을 마주칠 때마다 그 낯섦이 어색하지만 사실 반가웠다. 일상에서 떠나온 여행이라 잠시 다른 내가 되어보는 것이 아니라, 오히려 진짜 나를 알아가고 있었다. 특히 혼자 보내는 시간이 많은 여행이기에 가능했다. 옆에 있는 친구나 가족들의 눈치를 보지 않고, 뭔가를 해야 한다는 혹은 되어야 한다는 무의식의 압박 없이 그저 때마다 마주치는 상황 속에서 유연하게 변하는 모습. 내가 무엇을 입고 다니던, 무엇을 하던 그 누구도 상관하거나 쳐다보지 않았다. 오로지 나에 대해 생각하고 나의 욕구에 귀 기울이는 시간들. 마치 이런 순간이 필요해 떠나온 것 같았다. 바쁘다는 핑계로 외면하고 있던 진짜 나를 투명하게 바라보는 순간을 위해서.

혼자 부딪히고 경험하는 날들이 차곡차곡 쌓여갈 때마다 나만 아는 내가 만들어졌다. 그게 마음에 들어서 자꾸자꾸 떠나고 싶어 했던 것일지도 모른다고 이제야 생각한다. 새로운 나를 발견하는 즐거움이 혼자 여행하는 외로움을 이겼기에 아무렇지 않았다. 단순히 시간이 주어진다고 해서 나에 대해 생각하기란 쉽지 않다. 낯선 곳에서, 아는 사람 없이 동떨어진 상태가 되어야 자연스레 스스로를 파고들게 되는 것이다. 나에 대해 가장 관심 가져야 할 존재는 친구도 연인도 아닌, 바로 나 자신이라는 걸 알게 되었다.

새로 사귄 친구들의 손에 이끌려 여러 종류의 '처음'을 마주한 오늘 하루의 낯선 나. 그 모습이 퍽이나 마음에 들어 뿌듯한 마음으로 깜깜한 모래 위를 걸었다.

호수 위 해먹에서 낮잠 자기

"보고 싶었어!"

서로 브라질의 다른 지역을 여행하다가 제리에 오는 일정이 겹쳐 만나기로 한 친구 은민이. 제리 마을 근처를 돌아보는 버기 투어를 위해 은민, 나, 프란시스코, 그의 엄마 이렇게 희한한 조합으로 버기에 올랐다. 프란시스코의 엄마는 조수석에, 나머지 세 명은 뒷좌석에 걸터앉아 쇠봉을 잡고 바람을 있는 그대로 맞으며 내달린다.

"끼얏호!"

가이드가 신나는 포호 음악을 틀어주자, 어젯밤 흔들어대던 엉덩이가 그새 기억을 하고 마구 들썩거린다. 무슨 일이 있었던지 모르는 프란시스코와 은민이는 깔깔 웃으며 어깨로 리듬을 탄다. 아무도 없는 해변가를 지나, 또 아무것도 없는 숲을 마구 가로지르다 보면 어느새 또 다른 바다를 만난다. 속도가 나면 날수록, 바람이 세차게 얼굴을 때리면 때릴수록 우리는 마음껏 소리 지르며 자유로운 기분을 만끽했다. 짧은 바지에 비키니. 뜨겁게 내리쬐는 뙤약볕에 양쪽 어깨와 팔이 실시간으로 까매지는 게 보이지만, 그 또한 즐겁다. 한 번쯤 히스패닉 언니들의 섹시한 그을림을 가져보는 게 소원이었으니까! 이따금 눈이 마주치면 손을 흔들어오는 동네 청년들을 향해 손키스라도 날릴 듯한 자신감이 절로 뿜어져 나왔다.

그렇게 한껏 들뜬 마음으로 도착한 장소는 하얀 모래사장을 가진 해변이었다. 그리고 사진으로만 보던 바닷속 해먹! 무릎 정도 높이에 물이 찰랑이는 곳 한가운데에 일정한 간격으로 나무 기둥이 단단히 박혀 있고, 고기잡이 그물망을 연상시키는 알록달록한 해먹이 매달려 파도를 따라 잔잔히 출렁인다. 그렇다. 이곳은 바로 게으름뱅이들을 위한 파라다이스였다.

은민이와 나는 버기가 멈추자마자 거의 동시에 해먹을 향해 달려갔다. 그런데 잠깐. 첨벙첨벙 물에 들어가다 보니 뭔가 다름을 알아챘다. 몸이 뜨지도 않고 물이 짜지도 않잖아? 알고 보니 이곳은 호수였다. 끝이 보이지 않을 만큼 커서 바다라고 착각한 것이다. 호수에 설치되어 있는 자연 친화적인 해먹에 다리를 뻗고 누우니 잔잔한 파도에 따라 몸이 이리저리 흔들린다. 정말 한량이 따로 없다. 바람이 만들어 내는 살랑이는 파도가 해먹을 왔다 갔다 밀어주는 덕에 잠이 솔솔 왔다. 갓난아기의 요람이 이런 느낌일까. 엉덩이만 물에 잠겨 찰랑찰랑, 적당히 차가운 물이 피부에 감긴다. 천천히 고개가 떨어질 것만 같아 슬며시 눈을 떠보니 은민이는 이미 눈을 감고 꾸벅꾸벅 졸고 있다. 그런 우리를 보며 재밌다는 듯 소리를 내며 웃는 프란의 엄마.

이불처럼 끌어안은 채 누워있는 호수는 투명하고 푸른 에메랄드, 모래는 눈부시게 깨끗한 하얀 빛깔을 띠고 있어 마치 가본 적 없는 천국 같았다. 회색의 콘크리트 건물에 둘러싸인 곳에서 살다가 마주하니 더욱 비현실적으로 느껴질 수밖에. 가이드 아저씨도 마음대로 뛰어 놀으라며 호숫가에 우리를 풀어주고는 느긋이 운전석에 앉아 재촉도 않고 기다린다. 분명 투어이기에 정해진 일정이 있을 텐데 우리가 먼저 그의 버기로 돌아갈 때까지 묵묵히 기다린다. 역시 제리토박이답군. 그의 여유를 칭찬했다. 마치 집 앞마당의 작은 수영장인 것처럼 평화롭게 누비며 제리를 통째로 빌린 듯한 커다란 마음이 된다.

하루 종일 드넓고 평화로운 천연 수영장 몇몇 군데를 돌아다니는 동안 뒷좌석에 매달려 흘러나오는 뽕짝과 흥이 가득한 음악에 맞춰 엉덩이를 들썩거리며 맹랑하게 소리를 지르거나 노래를 따라 불렀다. 가이드가 물가에 우리를 떨궈주면 꺄르륵 물장구치며 놀다가, 다 놀았다 싶으면 다시 쪼르르 버기에 올라 세찬 바람 때문에 볼살이 뒤로 밀리는 서로의 얼굴을 구경하며 푸하하 웃고, 젖은 몸을 말리고, 또 다른 호숫가에 떨궈지고…. 이렇게 꽉 채운 투어를 마친 모자는 이내 지쳐 밥을 먹으러 가고, 나와 은민이만 남았다. 제리 마을로 돌아가기 전, 은민이가 우물쭈물하던 입을 뗐다.

"여기에 샌드 보드 타는 데도 있다던데 거긴 혹시 안 가나요?"

은민이가 슬쩍 물어보자, 가이드는 '아 너네 알고 있었구나' 하는 표정으로, 약간은 귀찮지만 그렇게 놀고 또 놀 생각하는 우리가 대견하다는 듯 어딘가로 향했다. 한참 동안 끝없는 하얀 모래사막을 달려 도착한 그곳에는 높이 치솟은 모래 언덕 중간에 오아시스처럼 작은 호수가 숨어 있었다. 하루가 지나면 사라져 있을 듯이. 그리고 멈춰선 단 하나의 버기. 시동을 끄자 바람 소리만 귓가에 남았다. 사막 한가운데에 버려진 것 같은 느낌에 약간 오싹하기도 했다. 아무도 없는 새하얀 사막 위를 걷는 동안 고립감과 동시에 알 수 없는 신비로움이 느껴졌다.

가이드 아저씨는 트렁크에서 보드를 꺼내더니 앞장서서 사막의 높은 곳으로 올라갔다. 모래에 발이 푹푹 빠져 걷기 힘들었다. 딛고 난 모래 발자국은 스르르 저 밑으로 녹아내렸다.

그는 어느새 가장 높은 꼭대기에 도착해, 들고 온 보드를 내리막 끝에 아슬아슬 걸쳐 놓았다.

“자, 누가 먼저 타볼래?”

“엇, 저기… 생각보다 좀 많이 높은 것 같은데 진짜 여기서 보드를 탄다고?”

“괜찮아, 재밌을 거야. 어서 앉아.”

은민이와 누가 먼저 탈 것인지 티격태격하다가 결국 한 살 더 많은 내가 먼저 타기로 했다. 이럴 때만 언니지. 조심스레 앉자마자 그는 손으로 속도를 조절하라는 한 마디와 함께 나를 시원하게 앞으로 냅다 밀어버렸다.

아니, 잠깐, 아직 준비가 덜…!!!

“으아아악!”

“철퍽!”

한참을 빠른 속도로 내려가더니 호숫물에 그대로 처박힌다. 갑작스레 강제 입수를 하니 정신이 번쩍 들었다. 근데 이거 생각보다 재밌고 시원하잖아? 보통의 샌드 보딩은 모래 위에서 천천히 느려진 후 멈추는 것이었다면, 제리의 샌드 보딩은 최고 속도에서 물웅덩이에 빠져버려 비로소 멈추게 된다. 스릴 만점에 수영까지 덤! 언덕 위에서 어땠냐는 은민이의 외침에 엄지를 치켜들었다.

"따봉!"

아직까지도 내게 제리는 비밀스러운 것을 품고 있는 곳, 모든 것이 자연스럽고 느긋한 곳으로 남아있다. 여름밤, 바닷바람, 라이브 음악, 가볍게 삼바를 추는 사람들, 하얀 모래사장. 이래도 되는 건가 싶을 정도로 자유롭게 다닐 수 있었던 제리코아코아라.

제리에 다녀온 뒤 한동안 그곳에서의 모든 '처음의 순간'에 빠져 지냈다. 진짜 여행의 첫 단락을 맛본 기분. 아무것도 할 것 없는 곳에 머물 때 여행자의 머릿속은 비우기보다 채우기 바쁘다. 놀랄 만한 경관에 사진을 찍어 대며 순간을 남기기보다는, 색다른 환경에서 새롭게 발견하는 스스로를 마주하고 온몸으로 기억한다. 장소를 그리워하기보다 그때의 나를 그리워하는 것처럼. 몇 년이 지났어도 쉽사리 잊히지 않는 기억들로 여행 이후의 일상이 달라지기도 한다. 여행 중 친구 사귀기, 자유를 만끽하기, 제대로 쉬기, 즉흥적으로 행동하기, 춤추기. 처음 제대로 맛본 여행다운 여행에, 이후의 여행에서도 제리에서 만났던 사람들과 만든 매일의 밤을 자주 떠올렸다. 언젠가 꼭 다시 가리라, 버킷리스트에 한 줄을 굵게 추가하며 진심으로 바란다.

제리, 사람들에게 알려지더라도 그 순박한 모습은 그대로 간직한 채로 나를 조금만 더 기다려줬으면 해.

B

우비보다 비키니를 택한 사람들 _ Foz do iguaçu

새로운 세계로 통하는 입구인 듯,
숲과 나무에서 풍겨져 나오는 활기찬 기운과 진한 냄새
조금 더 깊숙이 들어가자 눈앞에 펼쳐지는
경이로운 자연

우리를 한없이 작아지게 만드는
빨려 들어갈 것만 같은 거대한 폭포와 굉음
사라졌다가 생겼다가 반만 생겼다가
두 개가 생겼다가 시시각각 변하는 무지개와
우비보다는 비키니를 택한 사람들

폭포에서 떨어져 나온 거센 물줄기를

온몸으로 맞기 위해 한껏 벌린 두 팔
살아있는 폭포의 기운을 고스란히 끌어안기 위해
조금 더, 조금만 더 가까이

연거푸 얼굴의 물기를 닦아내며
겨우 뜬 실눈으로 올려다본 이과수의 아래턱은
마치 현실이 아닌 것 같기도

하얗게 부서지는 물줄기와 연기처럼 피어나는 물보라

악마의 목구멍 주위를 겁도 없이
자유롭게 날아다니는 새들

생애 첫 히치하이킹 _ Florianópolis

"너 일사병에 걸린 것 같아."

식은땀에 절어있는 내 처참한 몰골을 본 숙소 직원이 명쾌히 진단해 준 병명이었다. 인터넷을 검색해 보고는 딱 들어맞는 증상에 대차게 고개를 끄덕였다. 살면서 처음으로 일사병에 걸렸다. 하필 해변이 아름답다는 섬 플로리아노폴리스에서.

추운 볼리비아에서 내내 입었던 낡고 두꺼운 플리스를 쓰레기통에 밀어 넣은 플로리아노폴리스 공항 밖을 나서자, 장마 같은 습기가 순식간에 피부로 와닿았다. 브라질에 도착했음을 습도로 느꼈고, 급격한 체온 변화의 위험을 이때는 알지 못한 채 달갑게 더위를 만끽했다.

다음 날, 느지막이 일어났더니 어느새 날이 개어 오래간만에 맞는 뜨거운 태양에 기뻐하며 수영복을 챙겨 들고 해변으로 향했다. 동네 구경 삼아 30분을 걸어가는 동안 들려오는 수많은 캣 콜링을 가뿐히 무시하고 서퍼들이 첨벙거리며 뛰어다니는 바다에 도착했다. 늘어져 있는 파라솔에 자리를 잡고 그리웠던 바다 구경도 하고, 맥주를 마시다가 꿈뻑꿈뻑 낮잠도 자고, 추로스도 사 먹고…. 그렇게 두어 시간 동안 감당할 수 없을 만큼, 소화할 수 없을 만큼 쏟아지는 햇빛을 온몸으로 흡수했다.

만족스러운 해변 나들이를 마치고 숙소로 돌아가는 길에 어쩐지 급격하게 지치는 느낌이 들었다. 순식간에 몰려오는 몸살 기운. 결국 힘이 쭉 빠진 채로 숙소에 도착하자마자 모래 묻은 몸을 그대로 침대에 던졌고, 견디지 못할 만큼 끓는 열에 끙끙대며 잠에 들었다가 한밤중에 화장실을 들락거려야 했다. 다음날도 몸 상태는 최악 그대로. 그동안 미뤄뒀던 액운이 이제야 물꼬를 트는 듯, 심지어 수중에는 쓸 수 없는 달러와 비상용 라면 한 봉지가 전부였다. 아까 낮에 잔뜩 쬔 햇빛이 몸 안에 가득 품어져 있다가 한꺼번에 바깥으로 뿜어져 나가는 느낌이었다. 밖에는 천둥 번개와 함께 비가 쏟아지고, 아무도 없는 도미토리에서 혼자 끙끙거리고 있자니 "엄마~" 소리가 입 밖으로 나왔다.

이틀 밤을 앓아내고 3일째 아침, 땀에 찌든 몸을 일으켰는데 생각보다 가뿐히 일어나졌다. 날씨와 함께 몸 상태도 드디어 멀쩡해진 것이다. 곧장 부엌으로 가 커다란 물통을 두 손으로 잡고 물을 들이켠 후 입을 닦았다. 그리곤 이미 죽어버린 질병을 떨쳐내듯 개운하게 땀을 씻어내고 배낭 깊숙한 밑바닥에 깔려 있던 뷔스티에를 꺼내 입었다. 날아간 2박 3일을 보상받기 위하듯 해바라기가 프린트된 회심의 뷔스티에였다. 일단 수중에 브라질 돈이 없어 환전을 하기 위해 시내로 가는 게 우선. 그러려면 버스비가 있어야 하는데 그것마저 없었다. 조금 절망스러웠지만 몸이 다 나은 게 어디냐며 스스로를 달래고 일단 도로에 나갔다. 이틀 동안 먹은 거라곤 라면 한 봉지와 빵 쪼가리가 전부였지만 밖에 나갈 힘이 솟았다.

조금 걸어 대로변에 도착하니 책가방을 멘 대학생으로 보이는 남자가 엄지를 치켜들고 달려오는 차를 향해 서 있었다. 이것은 분명 영화에서나 보던 히치하이킹의 장면!

'이거다, 환전소에 갈 수 있는 유일한 방법!'

하지만 차는 쌩쌩 아무렇지 않게 그를 지나쳤다. 속도가 줄어드는 고민의 흔적조차 없었고 그야말로 대낮의 유령 취급이었다. 하지만 그는 딱히 비장함보다는 언젠가는 서겠지 하는 심드렁한 표정이었다. 저 사람 한두 번 해본 게 아니구나. 오히려 내 심장이 두근댔다. 로망을 실현할 날이 바로 오늘임을 직감했다. 언젠가 꼭 시도해 보고 싶었지만 위험할 수 있다는 생각에 그저 로망으로만 간직하던 행위. 저렇게 버스비가 없을 리 없는 작은 책가방의 현지인 남학생이 시도할 정도면 이곳은 안전하다는 신호가 아닐까 추측하며 다가온 기회를 잡기로 했다.

쭈뼛거리며 나름 매너 있게 일부러 남자보다 50m 정도 뒤로 걸어가서 포즈를 따라 했다. 다리 하나 옆으로 척, 엄지 척, 고개 척. 어설프지만 당당하게 팔과 다리를 내놓고 기다렸다. 조금 민망하고 떨리던 순간. 과연 내 앞에 멈추는 차가 있을까? 언제나 그렇듯 첫 경험은 짜릿하다. 그런데 짜릿함을 제대로 느낄 새도 없이 약 30초 뒤, 뒤에서 빵! 하고 경적소리가 들렸다. 깜짝 놀라 뒤를 돌아보니 이미 나를 지나친 자동차 중 한 대가 멀지 않은 갓길에 서있는 게 아닌가.

'아니 이렇게 빨리 성공한다고? 저 남자애는 적어도 10분은 서있는 거 같은데.'

마음의 준비가 안 되었지만 달려가야 했다. 운전자의 변심으로 기회를 놓치기 전에. 하지만 달려가면서도 내가 지금 무슨 일을 저지른 거지, 이제서야 걱정이 되었다. 대마초를 입에 물고 있는 남자들이 타고 있으면 어떻게 하지. 나를 보고 멈춰 선 사람에게 이제 와서 안탄다고 할 수는 없는 노릇이었다.

조수석 창문이 열리고 나타난 운전석에 앉은 남자.

"목적지가 어디예요?"

"아, 저 근데…."

고민하던 그 순간 뒷좌석에서 꼼지락거리는 어떤 작은 생명체가 감지되었다. 베이비 시트에 얌전히 고정된 채 나를 향해 웃고 있는 갓난 아기! 이보다 더 확실히 나를 안심시켜 줄 수는 없으리라!

"시내 환전소까지요! 혹시 같은 방향일까요?"

"가는 길이네요. 타세요."

그는 아주 쿨하게 조수석을 허락했다. 뷔스티에를 입고 히치하이킹이라니! 스스로가 생각해도 좀 멋진 일이었다. 신이 나서 연신 감사 인사를 전했더니 아저씨는 자신이 길에서 태운 동양인 여자가 포르투갈어를 하는 게 신기한지 가는 내내 끊이지 않고 질문을 던졌다. 평소보다 더 오버하며 성심성의껏 답을 하고, 첫 히치하이킹을 성공한 소감에 대해서도 재잘재잘 늘어놓았다. 첫 경험에 대한 짜릿한 쾌감의 순간을 최대치로 누리고 싶었다.

며칠 동안 일사병으로 날려버린 여행에 대해 보상이라도 하듯 따라준 행운이 다행스러웠다. 그저 서핑이나 느긋하게 하려고 했는데 일사병에 히치하이킹이라니. 역시 여행은 계획대로 되지 않아 당혹스러울 때가 많지만 우연이 만들어내는 즉흥성은 언제나 값지다. 그저 두 번 접어넣은 A4 용지에 마인드맵으로 대충 그린 계획마저도 매일 X 표를 치고 깨알 같은 글씨로 다른 것을 적기 일쑤인 남미 여행. 그래서 더 매력적일지도 모르겠다. 똑같은 곳을 여행했어도 100명의 여행자에게서 100가지 에피소드가 나올 것이기에.

앞으로 나에게 플로리아노폴리스는 히치하이킹보다 일사병을 조심해야 할 도시로 불릴 것이다.

아기자기한 콜로니얼 타운 _ Ouro Preto

바다가 지겨워질 때쯤, 산으로 향했다.

오우루 쁘레뚜는 포르투갈 식민지 시대에 아주 부유한 금광촌이었기 때문에 붙여진 이름으로 직역하면 '검은색 금'을 뜻한다. 당시의 모습이 남아있는 아기자기한 집들과 교회, 아스팔트가 아닌 매끈한 돌과 바위로 이루어진 대부분의 길이 마을의 분위기를 만들어낸다.

어둑어둑해진 다음에야 버스가 멈췄고, 창문 밖에는 가로등 불이 없어 마을의 첫인상을 느끼기 어려웠다. 고지대에 위치한 버스 터미널에서 마을까지 1km 남짓. 함께 버스에서 내린 사람들은 다 어디로 흩어졌는지 어느새 혼자 배낭을 메고 어두운 내리막길을 터덜터덜 걸어 내려갔다. 무엇에 걸려 넘어지지나 않을까 발밑에만 온 신경이 곤두섰다. 가끔씩 있는 가로등에 의지하여 땅만 보고 걷던 눈앞에 갑자기 탁 트인 시야가 걸린다.

"우와!"

나도 모르게 감탄사가 저절로 입 밖으로 튀어나왔다. 어느새 나는 어둠 속 마을 전체가 한눈에 내려다보이는 곳에서 있었다. 희미하지만 따뜻한 주황색 불빛이 흘러나오는 저마다의 창문, 짙고 풍성한 나무와 벽돌색 지붕, 오르락내리락 길목들이 한 폭의 그림처럼 눈에 담겼다. 작은 낭만의 도시가 나를 맞이하고 있었다. 느껴지는 소박함이 어쩐지 브라질스럽지 않다고 생각했다. 무조건 브라질은 파란 바다 아니면 화려한 도시일 거라고만 생각했던 터라, 차분한 분위기를 가진 산속 마을의 첫인상에 은근 낯설었다. 홀리듯 마을 안쪽으로 들어가자, 마을의 중심인 치라덴치스 광장이 나타났다. 광장을 지나 구불구불한 길을 헤매다가 만난 숙소의 주인 호드니. 풍성하고 개성 있는 폭탄 머리에 히피 같은 복장을 한 그 친구의 독보적인 스타일에 눈길이 갔다. 그 옆에는 다부진 체격에 레게머리를 한 사무엘이 하얀 이를 드러내며 장난스럽지만 수줍게 웃으며 나를 반겼다.

Vital
VISA
VISA
JCB

딱 봐도 절친인 듯한 둘은 친구이자 주인과 직원의 관계를 모호하게 유지하는 듯했다. 숙소는 조금 춥고 낡긴 했지만 시골 마을에 가까운 오우루 쁘레뚜에 어울리는 분위기가 꽤 괜찮았다. 자고로 이런 마을의 숙소 계단은 밟을 때마다 삐그덕 소리가 나야 하는 법. 짐을 내려놓고 근처 식당에서 늦은 저녁으로 따뜻한 닭 수프를 먹으며 몸을 데웠다. 소화시킬 겸 잠시 마을을 산책했는데, 여자 혼자서 밤 산책이 가능한 몇 안 되는 브라질의 관광지 중 하나임이 점점 확실해졌다.

8월의 브라질은 나름 겨울이라 밤이 되니 어느새 쌀쌀해진 바깥공기가 얼굴 전체에 닿았다. 다들 어딘가에 모여 앉아 술을 마시는지 안 그래도 조용한 마을이 더욱 고요했다. 간간이 들리는 사람들의 웃음소리마저 얇게 바닥에 깔렸고, 나는 따뜻한 색의 가로등 아래를 천천히 지나며 느린 그림자를 만들었다. 닳고 닳아 매끈해진 돌로 이어진 길을 조심스레 밟을 때는 신발을 신고 있음에도 그 차갑고 미끄러운 감촉이 발바닥에 전해졌다. 머리 위로는 새카만 밤하늘에 때마침 꽉 찬 보름달이 걸려 있고, 그 빛나는 것을 눈으로 쫓다가 어느새 풀벌레가 우는 시커먼 풀숲을 지나쳤다. 잠시 조그마한 강 위의 돌다리에 걸터 서서 맞는 찬바람. 이마

부근이 부드럽게 서늘하여 기분이 좋아진다. 사람이 다니다 다니지 않다 하던 다리 위. 조용한 밤길을 안전하게 걸을 수 있었던, 마음에 온기가 들어차 따뜻해지는 겨울밤.

추위를 녹이고자 아무 데서나 사 먹은 따뜻한 닭 수프와 거리와 곳곳에서 나오는 불빛과 모든 것을 둘러싼 자연이 완벽한 조화를 이룬다. 오우루 쁘레뚜의 마지막까지 이어지던 첫인상이었다.

적갈색의 지붕, 별, 돌다리, 노란 불빛, 풀벌레, 차가운 공기….

벌써 이곳에 숨어있는 낭만을 다 찾아버린 느낌이었다.

낮의 마을 분위기가 너무나도 궁금했던 나머지 이른 아침에 눈이 떠져버렸다. 고양이 세수를 하고 곧바로 마을 탐방 겸 아침 산책을 나섰다. 낭만이 가득했던 어젯밤의 오우루는 이번에는 화창한 날씨를 그대로 받아 옛날 유럽 동화 속 마을처럼 귀여운 모습으로 나타났다. 작은 집과 집 사이에는 시냇물이 흐르고, 아치형의 돌다리가 길을 잇는다. 곳곳마다 푸릇함이 물들어 있는 이 오래된 마을에 ATM기 같은 전자 기기를 발견할 때면 참 어울리지 않는 조합이라는 생각이 들 정도였다. 금광촌으로 유명했기에 천연석이 예쁘게 다듬어져 진열되어 있는 보석 가게도 곳곳에 눈에 띄었다. 낮이 되니 겨울임에도 불구하고 해가 너무 뜨거워서 두피가 탈 것 같았지만, 가파르고 포장되지 않은 돌길 때문에 걷기 힘들지만 그래도 마냥 좋다. 세상에 이렇게 예쁜 콜로니얼 타운이 또 어디 있을까. 찬란하게 쏟아지는 빛이 마음에 들어서 발걸음이 자꾸만 가벼워졌다. 들뜬 마음 때문인지 뒤꿈치가 닿자마자 공중으로 튀어 오르는 듯한 느낌. 산속에 품어져 있는 작은 마을을 누비며 마치 동화책 속에 들어와 있는 듯한 기분으로 두리번거리며 마을 곳곳을 눈에 담았다.

오늘의 유일한 일정, 광산 투어를 예약하러 가는 길에 어제 인사 나눴던 사무엘을 우연히 만났다.

"광산 투어? 아는 데가 있는데 공짜야. 마침 시간이 비니까 데려다줄게."

그저 한가로이 동네 산책 중이었는지 나를 보자마자 꽤나 관심을 가지더니 단숨에 투어까지 데려다준다는 그. 공짜라는 말에 솔깃하여 바로 투어 장소를 바꿔버렸다. 작은 광산이 있는 마을 한쪽까지 걸어가는 동안 동네를 구경하며 사무엘과 이런저런 이야기를 나눴다. 사무엘은 듣기 좋은 말투로 짤막한 마을의 역사나 지나가다가 보이는 관광 상품을 가게 주인 대신 설명하기도 했다. 현지인에게 듣는 마을 이야기는 할아버지가 고향의 사투리로 옛이야기를 들려주는 것 같아 더욱 흥미로웠다.

그리고 도착한 동굴. 사무엘은 직원들과 잘 안다는 듯 반갑게 인사를 하며 어깨를 부딪혔다. 잠시 안전상 주의사항을 듣고는 알록달록한 헬멧을 쓰고 가이드와 함께 동굴로 들어갔다. 심심했던 사무엘도 같이 헬멧을 쓰고 들어간다. 무너지는 게 아닌가 은근 걱정되어 빠른 걸음으로 좁디좁은 통로를 겨우 통과한다. 개미굴 같은 미로를 다니며 가이드의 설명을 열심히 듣는다. 열 살 정도의 어린아이들의 작은 몸집은 굴에 들어가기 용이하기 때문에 어린 남자아이들도 탄광 일을 했다고 한다. 반면 여자는 부정탄다고 들어가지 못하고 밖에서 다른 일을 한다. 그렇게 하루 종일 탄광 일을 한 인부들은 폐 속에 안 좋은 것들이 쌓여 보통 10~15년 후에 사망했다고 한다. 어두컴컴한 곳에서 위험을 감수하며 평생 일을 하고 부를 누릴 새도 없이 세상을 뜨고 말다니. 그저 금을 캐내며 부유함을 누렸을 거라고만 생각했는데 그 속은 너무나도 슬픈 진실을 갖고 있었다. 역시 이익을 취하는 이와 착취당하는 사람은 따로 있구나. 현재는 관광지가 되어 좀 더 안전한 생활을 할 수 있게 된 것 같아 다행이었다.

흥미로웠던 탄광 투어를 마치고 여전히 호스텔 일은 뒷전에 두어 심심한 사무엘과 동네 구석구석을 다녔다. 사무

엘은 탄탄한 근육질 몸과 알맞게 땋은 레게머리와는 달리, 항상 수줍음이 가득한 미소를 머금고 있었다. 첫인상과는 다르게 이야기할수록 은근히 표출되는 귀여움에 왠지 모르게 그가 궁금했는데, 알고 보니 27살의 젊은 청년이었다. 그는 호스텔 일을 하며 내년에 마을에 있는 대학에 들어가기 위해 공부 중이라고 한다. 하지만 그에게는 또 다른 꿈이 있었다. 바로 세계 여행.

"호스텔에서 일하면서 전 세계에서 온 여행자들을 많이 만나게 되고 다양한 사람들의 이야기를 들으니까 나도 이곳을 떠나 다른 세상을 경험하고 싶은 마음이 생겨. 사실 이 지역 밖을 나가본 적이 별로 없거든. 배낭 멘 여행객들을 만나면 나도 여행하면서 더욱 넓은 세상을 직접 겪어보고 싶어져."

오랜 꿈인 남미 여행의 한가운데에 있던 나는 그의 꿈을 응원하는 마음이 깊은 곳에서부터 일었다. 나의 대학 진학과 남미 여행이 결코 쉬웠던 것은 아니지만, 관련된 조건을 갖추는 데에는 사무엘보다 조금 더 쉽지 않았을까. 그래서 지금의 이 여행과 공부에 더욱 최선을 다해야 한다고 생각했다. 스스로 선택하고 노력하여 얻은 귀하디 귀한 기회들을 헛되이 보내지 않기 위해서. 그 기회를 선망하고 오랫동안 꿈꾸는 사람들에게 부끄럽지 않기 위해서. 여행의 한가운데에 있는 내가, 여행에 대한 꿈을 가진 사람의 이야기에 머리가 띵하고 기분 좋게 울렁거렸다. 동시에 그는 나에게 또 다른 의지를 심어주고 있었다. 지금 내게 주어진 이 자유를 최대한으로 누려야 한다는. 여행 중에 만나는 새로움과 낯섦이 차츰 무뎌지려 할 때마다, 이 기회가 쉽게 얻어진 게 결코 아니라는 사실을 상기시켜야 한다는 것을. 또 다른 새로움을 찾아 나서야 한다는 것을. 돌아봤을 때 희미하지 않도록 제대로 느끼고 기억하고 오감을 열어 장면과, 감촉과, 단상을 온몸에 묻혀야 함을.

어디선가 종소리가 울렸다. 아마도 저 멀리 치라덴치스 광장에서 울려 퍼지는 것이겠지. 낭만적인 종소리가 울려 퍼지는 이곳에서 평화롭고 어여쁜 마을 풍경을 보고 있노라면, 마음 깊숙한 곳에서부터 용기가 채워짐과 동시에, 앞으로 마주할 특별한 경험들이 이미 내 쪽을 바라보고 서 있는 듯해 얼른 달려가 안기고 싶은 지경이다.

마테차와 행복론

"내일은 함께 마리아나에 가지 않을래?"

며칠간 아담한 오우루 쁘레뚜를 둘러보고 난 뒤, 근교 마을에 혼자 가려 했다. 그런데 마침 어제저녁 호스텔 직원들과 같은 방 친구들도 그곳에 갈 계획이라며 동행을 제안해 온 것이다. 나쁜 의도를 가지고 있지 않은 사람이 나쁘지 않은 제안을 한다면 반드시 받아들여야 후회하지 않는다는 걸 깨닫고 있던 차였다.

덜컹거리는 미니밴의 운전을 맡은 사무엘이 트로트풍의 노래를 크게 틀었다. 특유의 흥이 정신없이 꽂히는 리듬에 다 같이 쿵짝이며 아침부터 여행의 분위기를 한껏 끌어올렸다. 노래 하나로 순간 진짜 여행 중인 것이 실감 났다.

여행은 어느 지점에서나 매번 시작이고 처음이며, 그 시작은 언제나 설레는 법.

마을을 벗어나기 전 잠시 멈춰 서더니, 마르고 머리 긴 여자가 조수석에 폴짝 올라탔다. 출발 때부터 비어져 있던 조수석은 그녀를 위한 자리였다. 그녀의 이름은 마누엘라. 가우샤(브라질 남쪽지방 출신) 인데 식당에서 서빙 일을 하고 있다고 한다. 그녀는 이렇게 자주 그들과 즉흥적으로 어울린다는 듯 자연스럽게 올라타 가녀린 몸짓과는 상반되는 허스키한 목소리로 빠르게 사람들과 안부를 주고받았다. 항상 크게 웃고 더운 여름에도 남부 지방의 마테차인 쉬마헝(chimarrão)을 즐기는 그녀는 굉장히 매력적이었다. 예쁜 것은 둘째 치고, 그녀가 풍기는 분위기가 멋있었다. 꽤 자존감이 높으며 동시에 남을 배려할 줄 아는 사람임이 느껴졌다. 호탕한 웃음 덕분에 생긴 듯한 얼굴의 잔주름까지 그녀를 더욱 매력 있게 만들었고, 아마 여기 있는 모두가 그렇게 생각할 것이라 확신했다.

마리아나로 가는 길에 큰 국립공원으로 보이는 곳에 잠시 내려 브라질의 대자연으로 들어섰다. 오랜 세월로 매끈해진 주황색 돌바닥의 감촉을 맨발로 느끼며 걷다 보니 악어 바위라고 불리는 곳에 도착했다. 탁 트인 눈앞의 경치를 구경하던 찰나, 어찌 된 일인지 두어 명은 사진을 찍어주겠다며 저 멀리 우리가 면봉 크기로 보일 때까지 돌아갔다. 사진 찍는데 왜 굳이 저렇게까지 멀리 가는 거지? 그저 발을 딛고 있는 곳이 산꼭대기의 넓은 바위 정도로 생각하고 건너편 친구들을 향해 포즈를 취해 보였다. 그런데 갑자기 저 멀리서 공원 관리인으로 보이는 남자 두 명이 우리에게 다급히 소리쳤다.

"얼른 나와요! 위험하다니까!"

사무엘과 친구들이 낮게 키득거리며 철수하자는 표정을 짓는다.

"저번부터 경고했잖아요! 여길 넘어가면 안 된다고."

알고 보니 악어의 주둥이 모양으로 길게 난 절벽 아래에는 아무것도 없었고, 나는 그 위에 서서 위험한 사진을 찍고 놀았던 것이다. 괜히 이름이 악어 바위가 아니었다. 이 사실을 아는 친구들은 바위 아래 절벽의 짜릿함을 담기 위해 멀리 떨어져 사진을 찍었던 것이다. 공원 관리인에게 멋쩍은 웃음을 지어 보이며 10초 전에 서 있었던 아찔한 곳을 뒤돌아 다시 한번 눈으로 확인하고는 짧은 일탈로부터 오는 약간의 짜릿함과 민망함을 동시에 느꼈다.

맡은 임무를 다한 공원 관리원들에게 쫓겨난 우리는 적

당한 곳에 앉아 잠시 쉬기로 했다. 건조한 바위가 뜨끈한 걸 보니 아까 오는 길에 폭포를 맞느라 젖은 옷가지가 금세 마를 듯했다. 마누엘라의 마테차를 쭉 빨아 맛보고, 축축한 옷을 입은 채 따끈한 바위 위에서 몸을 말렸다.

브라질의 내륙 지방 관광지는 해변과는 또 다른 분위기를 자아낸다. 녹색의 풀숲 깊숙한 곳에 자리한 깨끗한 계곡과 거친 동굴, 맨발에 닿는 매끈한 바위의 감촉이 마음에 들었다. 풀이 무성한 곳에 오면 최대한 자연인에 가까워지고 싶어지기 마련이다. 어울리는 존재가 되고 싶으니까. 인위적이기보다 자연스러움을 기꺼이 택한다. 딱딱한 회색 핸드폰으로 사진 찍는 것을 그만두고 눈앞에 널찍하게 펼쳐진 원색의 자연 그대로를 열심히 눈에 담는다. 마음 깊숙이 안정감과 나른함이 퍼지는 걸 느끼며.

옷이 다 마를 때쯤, 문득 여행 중에는 행복을 느끼기가 비교적 쉽다는 걸 다시금 떠올렸다. 그걸 역으로 생각해, 여행이 끝나고 일상으로 돌아간 뒤에도 행복을 쉽게 느끼기 위해서는 어떻게 해야 할까. 그저 산에 오르면 되는 걸까? 새로운 사람을 만나면 저절로 즐거워질까?

글쎄. 혼자 여행하는 도중에 끊임없이 등장한 고민거리

였다. 언젠가 일상으로 돌아갈 것이기에 여행에서 느낀 수많은 감정을 보통날의 일상으로 끌어들이고 싶었다. 여느 때처럼 행복의 정의와 여행 이후의 삶을 상상하는 그때 사무엘과 눈이 마주쳤다. 그리고 물었다.

"사무엘, 넌 네 삶이 좋아?"

사무엘은 단 1초의 망설임도 없이 답했다.

"응, 엄청."

아무 기대 없이 물어본 것이기에 너무 쉽게 확신에 차 돌아온 그의 대답에 조금 마음이 떨렸다. 사무엘은 현재 자신의 일과 놀이에 만족감을 느낀다고 했다. 물론 나도 현재는 행복한 삶을 살고 있지만, 이전에는 그렇지 않았던 적이 꽤나 있었고, 그동안 여행하면서 만난 한국인의 대다수는 자신의 삶이 좋다기는커녕, 이 여행이 행복하다고도 바로 답하지 못했다. 오히려 힘이 든다, 계획대로 되지 않아 여행을 완전히 망쳤다 등 불평 먼저 하는 것을 보고 놀란 적이 많았다. 혹은 행복에 대해 고민하고 생각하는 게 이상하고 어색하다는 표정이 돌아오기도 했다. 사실 알고 있었다. 행복에 대해서 생각하는 것에 익숙지 않고, 그건 사치라고 생각하는 누군가도 있다는걸. 삶에서 행복을 추구하는 것은 당연한 것임에도, 스스로가 현재 행복한지 살피고, 어떻게 하면 좀 더 기뻐하며 살 수 있을지에 대해서 생각하지 않는다. 때문에 그런 대화를 낯설어하고 당황해하기 일쑤였다. 그때마다 혼자 안타까움을 느끼곤 했다. 이런 멋진 기회 속에서 굳이 만들어내는 불만이라니.

마누엘라 역시 그녀의 삶을 사랑했다. 불행할 이유는 없었다. 원하는 곳에 터를 잡아 일을 하고, 좋아하는 사람들을 만나고, 스트레스가 두터워진 날이면 차를 타고 나가 풀숲에 앉아 웃고 떠들었다. 그리고 그런 일상을 둘러싸고 있는 감사와 만족. 대단한 것을 이루지 않더라도 즐겁고 충만한 삶. 눈앞에서 깔깔거리며 시답지 않은 말을 주고받는 친구들은 꽉 찬 삶이 어떤 것인지 알고 있는 듯했다. 많이 느끼고, 많이 사랑하고, 조금 불평하기. 그들이 '가진 것'이 아니라 '가득 찬 마음가짐'이 너무 부러워서 견딜 수 없었다. 동시에 그들 곁에서 여행 이후의 일상을 어떻게 살아야 하는지 드디어 머릿속으로 그려졌다. 일상이 행복하다고 자신 있게 말할 줄 아는 사람들과의 여행은 함께한 사람에게도 지대한 영향을 미쳤다.

마누엘라는 복잡한 내 머릿속을
들여다보기라도 한 듯
개구쟁이 같은 미소를 지으며
마테차를 힘껏 빨아 마셨다.

3부

다시 돌아온 애증의 브라질

다시 돌아온 애증의 브라질 _ Resende

공부와 남미 여행을 마치고 한국에 돌아와 어영부영 두 계절을 보낸 어느 여름, 인턴이라는 그럴듯한 명분으로 브라질에 돌아갔다. 이번엔 고속도로 한가운데 자리한 회사 앞에 소들이 낮잠을 자는 시골이었다. 또 어떤 브라질을 경험하게 될까. 사실 한국에서 지내는 동안 이미 저 멀리 두고 온 브라질에 대한 추억과 단상은 한껏 미화되어 있었다. 살면서 다시는 없을 자유로웠던 시기라며 규정짓고는 일상의 소중함을 잠시 멀리했다. 때문에 다시 상파울루 공항에 발을 디뎠을 때는 걱정보다는 두근거림에 가까웠으며, 딱히 일에 대한 우려보다는 그리웠던 곳에서의 새로운 경험에 대한 기대가 스멀스멀 올라왔다. 브라질을 처음 갔을 당시 소외감에 절어 지냈던 초반 한 달을 금세 잊어버린 채였다.

두 번째이니까, 이미 경험해 봤으니까 이번에는 괜찮겠지, 수월하겠지. 막연한 긍정심이 일었다.

다시 23시간의 비행 후 브라질에 도착한 당일, 떡이 진 머리 그대로 고속버스 터미널에서 인사팀 담당자와 첫 대면을 했고, 그는 나를 바로 회사로 이끌었다. 정식 출근 전 잠시 인사를 하러 들른 회사는 이미 점심시간이었기에 함께 구내식당으로 향했다. 문을 열고 들어선 순간, 점심을 먹고 있던 백여 명의 브라질 직원들의 시선이 일제히 내게 꽂혔다. 잠시 2초간 정적이 흐르는 것 같더니, 다시 밥을 먹거나 이야기하는 소리들이 들리고 그들은 이내 시선을 거뒀다. 하지만 힐끔힐끔 곁눈질로, 혹은 대놓고 나를 보는 게 느껴졌다. 아무리 눈치 없는 나라고 하지만 모든 게 다 조심스러울 수밖에 없었다. 배치받은 부서의 동료들은 꽤나 장난기 가득한 얼굴과 알아듣기 어려운 사투리로 아직은 태닝 되지 않은 하얀 이방인을 맞이했고, 이외의 사람들은 멀리서 나를 응시했다.

그토록 다시 오고 싶었던 브라질이라서 걱정 같은 건 하지 않았지만 처음 하는 사회생활과 일, 도통 알아들을 수 없었던 회의 시간들이 나를 압박했다. 나 빼고 모든 게 다 잘 돌아가는 듯했다. 그래, 그건 세상 모든 인턴들이 겪는 거니까라고 생각하며 주어진 일에 집중하려 노력했다. 하지만 정작 문제는 업무가 아니었다. 주말이 지나면 일면식 없는 공장 직원들이 내가 주말에 무엇을 했는지 누굴 만났는지 다 알고 그들끼리 내 이야기를 했다. 중요한 건, 나에 관한 이야기를 '나를 빼고' 이야기한다는 것이었다. 지나친 관심과 소외가 동시에 일어날 수도 있다는 것에 놀라웠고, 그 상황이 두렵고 짜증이 났다. 심지어 내가 무심코 내뱉은 서툰 말은 이상하게 와전되어 돌아왔다. 그래서 점차 입을 닫았고, 귀도 닫았다. 듣지 않으면 그만이라고 생각한 어리숙한 태도였다. 그러다 보니 사람들 사이에서 어느새 나는 컨디션이 자주 좋지 않은, 혹은 소심한 여자애가 되어 있었다.

잠시 잊고 있었다. 동양인을 만나는 게 어려워 빤히 쳐다보다가 함께 사진을 찍자는 어린아이들의 요청을 받는 곳이 바로 브라질이라는 것을. 두 번째였지만 적응기는 똑같이 필요했고, 잊고 있던 첫 번째 적응의 시기가 그제서야 머릿속에 떠올랐다. 그 소외감과 굴욕의 시간들.

매일 밤 일기를 쓰며 다짐했다. 지루한 일상으로부터 도망쳐서 이곳에 온 게 되게끔 만들지 말자고. 후회하지 않도록 많이 경험하고 끊임없이 생각하고 부딪힌 뒤 돌아가자고. 눈치 보고 걱정하는 시간에 나를 느끼고, 원하는 것에 집중할 시간을 벌어야 한다고. 하루하루 출근 때마다 이를 곱씹고 용기를 내야 하는 날들이 이어졌다.

그렇게 듣고 말하는 것에 대한 두려움이 나를 갉아먹던 와중에도, 팀 동료 오타비오와 까를로스가 일하는 중에 치는 장난에는 진심으로 웃을 수 있었다. 그들은 반팔 유니폼 바깥으로 삐쭉 나오는 팔뚝의 진한 문신이 아무렇지도 않은 건장하고 젊은 남자들이었는데, 휴지심이나 비닐 구멍 따위를 얼굴 어딘가에 끼우고 나를 웃기곤 했다. 수염 덥수룩한 얼굴과 두꺼운 어깨와는 어울리지 않는 어린아이 같은 장난 덕분에 빠르게 마음의 벽을 허물었다.

집중 근무 시간대이지만 오히려 집중력이 가장 떨어지는 오후 2-3시경, 그들은 마치 학교 쉬는 시간 종소리가 울린 듯 항상 비슷한 시간대에 집에서 가져온 빵과 과자를 챙겨 탕비실로 들어갔다. 우르르 혹은 은밀하게. 스스로 부여

한 쉬는 시간 동안 커피를 마시고 빵에 잼을 발라 먹으며 일하느라 못 나눴던 잡담을 좁은 탕비실 안에 가득 풀어놓는다. 각자 무슨 간식을 챙겨왔는지 구경하기도 했고, 마치 초등학생들처럼 깔깔거리며 서로의 간식을 나눠 먹었다. 쓰디쓴 담배보다는 달콤한 간식을 택한 어른들이었다.

하지만 내가 그들을 좋아하게 된 건 비단 나를 웃겨서가 아니라, 나를 탕비실로 매번 불렀기 때문이 아니라, 일하는 방식 때문이었다. 상사와 생각이 다를 때는 자신의 의견을 당당히 어필할 줄 알고, 부장님한테 혼이 나더라도 금방 털어내고 그 감정의 곁가지를 주위 사람에게 풀지 않았다. 그들의 그런 당당하고 긍정적인 에너지가 부러웠다.

어느 날에는 엑셀에 한국어 발음을 포르투갈어로 정리한 표를 보여주었는데, '배고파요' '왜 불러요?' '갑시다' '피곤해요' 같은 간단하고, 귀엽고, 실용적인 문장들이 적혀 있었다. 물론 상사분들이 자주 쓰는 험한 말들도 들어있었다. 일이 잘 안 풀리지만 분위기를 험악하게 만들고 싶지 않을 때 그들은 모니터를 향해 야무지게 외운 한국 욕을 귀엽게 해댔다. 업무시간이 심각해질 틈이 없었다.

특히 가장 많은 시간을 함께 보냈던 까를로스는 내가 적응할 수 있도록 도와준 일등공신이었다. 이해하지 못해 잔뜩 인상을 찌푸린 채로 알아들으려 할 때면 그는 전혀 스트레스 받을 필요 없다며 오히려 내 긴장을 풀어주었다. 그러면 미간은 어느새 풀어지고 멋쩍은 웃음만 남았다. 그는 젊은 나이에 힘 빼기의 기술을 터득한 듯 보였다. 힘들고 지치는 일을 해도 언제나 짜증 없이 해맑게 웃고 있는 그의 얼굴을 보면 나까지 기분이 좋아졌다. 장난기가 많지만 성실하게 일하고 보람을 느끼는 내 사수이자 친구는 스트레스를 받아도 찌푸리는 표정이 오래가는 법이 없었다. 그의 옆에 있을 때면 좋은 기운이 내게도 스며드는 게 느껴질 정도였다. 다른 사람들의 시선을 신경 쓰지 않고 그냥 입고 싶은 대로, 하고 싶은 대로 좋아하는 걸 따라가는 그가 좋았다. 특히 불교를 종교로 믿는다기보다는 문화의 영역으로 좋아했던 그는, 한 쪽 어깨에 불교 신자들이 절규할 알록달록한 후광이 나는 부처님을 과감히 새겨 넣었고, 책상에는 작은 부처상들이 놓여있었다. 추천해 주는 음악들은 죄다 레게 아니면 로큰롤이었으며, 시를 좋아해 마지막 이별 선물로 시집을 선물해 주는 등 다방면에 관심이 많은 친구였다. 그에게는 유행하는 옷을 자주 사기보다는 자신이 아끼는 옷을 오랫동안 입고, 좋아하는 것들을 당당히 소개할 줄 아는 순수함이 있었다. 그런 그를 옆에서 보고 있으면 그와 비슷한 사람이 되고 싶어졌다.

사실 나는 내가 좀 더 당당한 태도를 가졌으면 했는데 마침 그가 옆에서 자연스레 부추겼다. 까를로스도 내가 자신감을 가진 사람이 되기를 바랐다. 할 수 있는데도 가끔씩 하고 싶은 말을 삼킨다거나, 상대방이 대신 말해주길 은근슬쩍 기다린다거나 하는 걸 별로 좋아하지 않았다. 그래서 더 노력했다. 나를 표현하는 것을, 당당해지기를. 초반에는 그의 마음에 들기 위한 일이었지만, 점차 색깔이 짙어지는 스스로가 마음에 들어 그가 없이도 솔직하고 뚜렷한 모습을 유지했다.

시간이 지나고 그때의 기억과 배운 것들이 많이 사라졌지만, 동료보다는 친구에 가까웠던 사람들에게서 배워 지금까지 남은 것은 환하게 웃어 보이는 매력적인 미소이다. 사람들에게서 표정이 다채로워졌다는 말을 자주 들었다. 브라질 전후의 사진을 보면 확연히 차이가 나는데, 예전에는 항상 입을 다물고 어설픈 미소를 지었다면 브라질에 다녀온 이후의 사진 속 나는 무조건 하얀 이를 드러내며 있는 힘껏 활짝 웃고 있었다. 그곳에서는 모두가 그렇게 웃었다. 사진은 행복하거나 즐거울 때 찍는 것이기에, 찍는 순간에 그 행복을 있는 그대로 표출하는 사람들이었다.

내가 왜 이렇게 웃게 되었을까, 왜 이렇게 바뀌었는지를 생각하며 뿌리를 타고 올라가다가 만나는 소중한 사람들을 나는 평생 기억하며 살고 싶다.

“그리워하는데도 한번 만나고는 못 만나게 되기도 하고, 일생을 못 잊으면서도 아니 만나고 살기도 한다.” - 피천득의 인연 中

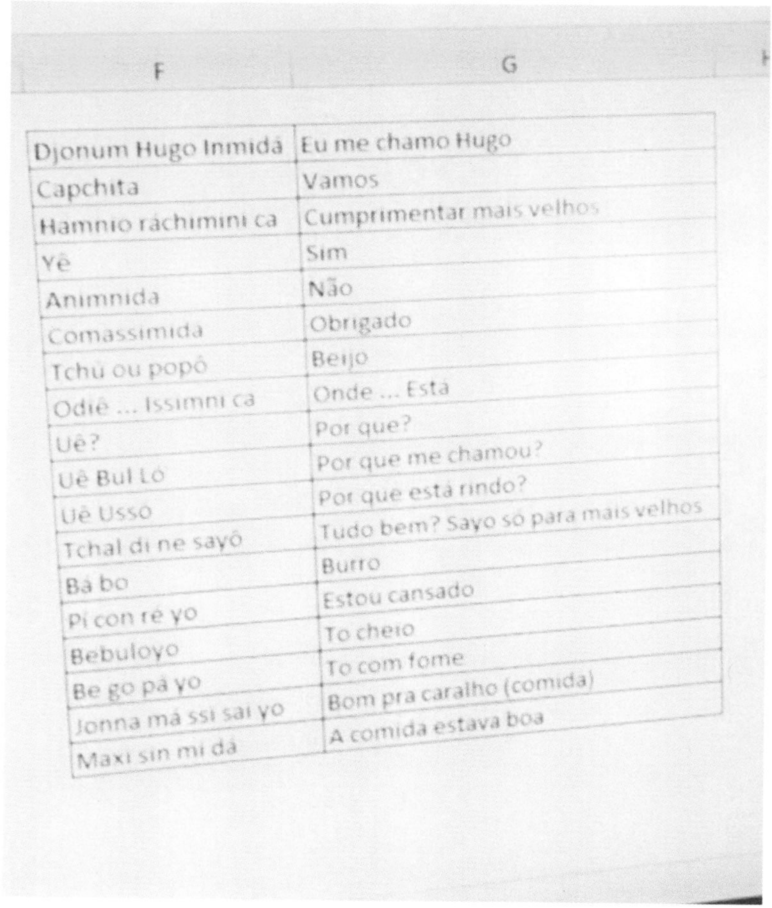

F	G
Djonum Hugo Inmidá	Eu me chamo Hugo
Capchita	Vamos
Hamnio ráchimini ca	Cumprimentar mais velhos
Yê	Sim
Animnida	Não
Comassimida	Obrigado
Tchú ou popô	Beijo
Odiê ... Issimni ca	Onde ... Está
Uê?	Por que?
Uê Bul Ló	Por que me chamou?
Uê Usso	Por que está rindo?
Tchal di ne sayô	Tudo bem? Sayo só para mais velhos
Bá bo	Burro
Pí con ré yo	Estou cansado
Bebuloyo	To cheio
Be go pá yo	To com fome
Jonna má ssi sai yo	Bom pra caralho (comida)
Maxi sin mi dá	A comida estava boa

헬스장 단체 트월킹

이래서는 안 되었다. 퇴근 후 혼자 책상 앞에 앉아 일기장에 감정을 꾹꾹 눌러 담기보다, 진짜 사람을 만나 한바탕 웃는 것이 내겐 더 필요했다. 머리로는 알고 있음에도 아무것도 하지 않은 채 시간이 꽤나 흘러 있었다. 집과 회사를 오갈 뿐인 일상에서 가만히 앉아 친구가 저절로 생기기를 바라다니. 현실을 깨닫고 바로 휴대폰의 동네 지도를 확대해가며 뒤져본다. 카페라던가 바다라던가. 일단 어디든 가서 혼자 빨대 꽂고 앉아있으면 누구라도 말을 걸어오겠지라는 생각이었다. 그것도 안되면 먼저 말 걸어야지 하는 마음까지도 있었다. 그만큼 또래 친구가, 마음 맞는 인간관계가 절박했다. 하지만 아무리 찾아봐도 그런 친목의 공간은 나오지 않았다. 군사 지역이 마을 안에 있는 거주 인구 7만 명의 시골임을 다시 한번 확인받을 뿐. 괜히 소박하고 정겨운 공원만 발견했다. 일단 나쁘지 않아 보이니 찜하고 다시 훑어본다. 헬스클럽 표시가 눈에 띄었다. 순간 머릿속으로 라틴 풍 음악이 스쳐 지나갔다.

'줌바!'

이거다. 내가 좋아하고 잘하는 이것. 이미 꾸리치바에 살 때 헬스장에 드나들며 매주 줌바 댄스 수업을 들은 적이 있었다. 골반 돌림이 장난 아닌 남자 줌바 선생님은 헬스장의 유일한 외국인인 나를 챙겨준다며 매번 맨 앞에 세워놓고는 열정과 관심을 기울였더랬다. 선생님의 편애 덕분에 나는 일취월장하며 새로운 동작도 거침없이 소화하는 우등생이 되었고, 내가 입을 열기 전까지는 아무도 나를 외국인이라고 생각하지 않았다.

그렇게 해서 얻은 몸동작을 헤젠지의 새로운 시골 헬스장에서 다시 뽐내야 했다. 다행히 집에서 5분 거리라 저녁에 걸어 다니기에 위험해 보이지 않았다. 마음을 먹은 즉시 바로 다음 날 퇴근 후 고민 없이 레깅스와 반팔 티셔츠를 챙겨 입고 2층짜리 낡은 건물로 들어섰다. 안쪽에서는 별안간 기합 비슷한 소리와 쿵쾅거리는 라틴 댄스 음악이 터져 나왔다. 지하철 개찰구 같은 입구를 수동으로 밀고 들어선 순간, 살짝 시큼한 땀 냄새와 함께 그곳의 모든 회원들의 시선이 일제히 내게 꽂히는 게 느껴졌다. 그리고 그 수많은 눈들 사이에서 빠르게 줌바 선생님을 가려냈다.

핫핑크 레깅스에 화려한 원색 민소매티. 우렁찬 목소리와 패션에서 저절로 느껴지는 기. 그녀는 2층 줌바 댄스 전용 공간으로 쓰이는 곳으로 나를 이끌더니 창문을 열어젖히고는 작지 않은 스피커를 들고 무대에 올랐다. 나는 알아서 맨 뒤 구석에 자리를 잡았다. 15명은 족히 되어 보이는 수강생들 중 또래는 없었다. 조금 절망했다. 하지만 이내 그들은 나를 향해 반갑다는 눈 인사를 지어 보였고, 답을 할 새도 없이 전주가 흘러나왔다. 모두가 무대 위 선생님을 우러러보았고, 그녀는 마치 교주인 듯 자신감에 찬 동작들을 하나하나 부드럽게 이어나갔다. 화려한 고수 수강생들의 몸짓에 가려 거울 속 내 모습은 보이지 않았다. 아마 그게 다행일지도. 예전 기억을 더듬으며 팔을 돌리고 엉덩이를 튕기고 꼭 반 박자씩 늦게 따라갔다. 튀지 않으려면 빠르게 동작을 습득해서 사람들과 같은 타이밍에 같은 동작을 해야 했다. 하지만 겨드랑이를 든 채 어정쩡하게 움찔거리다가 음악이 끝나 있는 현실과 마주하고 만다.

나에게는 모든 회원이 선생님처럼 보였다. 어떤 아줌마는 마치 강사처럼 적절한 타이밍에 우렁찬 기합을 넣고 박수를 치며 모두의 흥을 돋웠다. 나를 제외한 모든 사람들이

이에 답하여 흥겨운 소리를 질렀다.

"워후!"

곳곳에 남자 회원들도 심심치 않게 보였다. 그들의 열정은 누구보다 뒤지지 않았다. 두툼한 근육이 붙은 팔다리로 어찌나 빠르게 움직이는지…. 땀으로 매끈하게 빛나는 그을린 팔뚝이 멋있어 보이기까지 한다. 쉴 틈 없이 연속으로 빠른 음악들이 휘몰아친 뒤, 모두가 가쁜 숨을 몰아쉬며 수업은 끝이 났다. 아무도 추가 근력운동은 하지 않고도 만족스러운 미소를 띠며 유유히 헬스장을 빠져나가거나, 이 중 대다수는 신발을 갈아 신으며 수다를 떨기 바쁘다. 서로의 일과에 빠삭한 듯했다.

"안녕! 새로 왔어?"

수업 내내 기합을 열심히 넣던 강사의 오른팔쯤 되어 보이는 아줌마가 본인의 모국어로 내게 말을 걸어왔다. 브라질은 도시나 시골이나 참 편견이 없다.

"네, 오늘 첫 수업이었어요. 사실 이전에 살던 곳에서 몇 개월 동안 줌바를 배웠었는데 여긴 분위기가 왠지 다르네요."

"어쩐지 금세 잘 하더라~ 자주 와. 나도 거의 매일 오거든"

이런저런 수다를 떨다 보니 어느새 주위에 있었던 아주

머니들은 이미 집에 가고 둘만 남았다. 아줌마는 옷을 훌렁 훌렁 갈아입으며 본인은 아들이 둘 있는데 그중 첫째 아들은 이번에 대학에 입학했다며 사진을 들이민다.

"어때? 잘생겼지? 소개해 줄까?"

"잘생겼네요! 근데 제가 나이가 더 많아서…"

솔직히 취향이 아니었기에 나이 핑계를 대본다.

"어머! 연하면 더 좋지 왜~"

남의 아들인 마냥 말하며 깔깔거리는 그녀.

어차피 내일부터 자주 만날 것이기에 기약 없는 약속을 하고 집으로 돌아와 천천히 씻고 밥을 차려 먹은 뒤 가벼워진 몸 위에 이불을 덮고 누웠다. 방금 전 일어난 일들을 곱씹으니 헛웃음이 나왔다. 친구인지 아닌지 긴가민가하긴 했지만 그렇게 바라던 기분 좋은 관계를 맺었다는 사실에 은근한 기쁨이 밀려왔다. 어쩌면 오래간만에 몸을 움직이니 엔도르핀이 돌아서 그런 것일 수도 있다. 마음먹기까지 시간이 꽤 걸렸지만 무엇인가 찾아 나서길 잘했고, 스스로 좋아하는 것을 떠올려 보길 잘했다고 생각했다. 그게 몸을 움직이는 것이라 더욱 다행이었다. 고단한 생각을 주고받지 않아도 되니까. 내가 무슨 일을 하는지, 어떤 공부를 하는지, 몇 살인지는 전혀 관심 없는 사람들 속에서 느껴지는 따뜻한 시선과 받아들여지는 기분. 작은 성공이 불러온 들뜬 마음에 매일 조금씩 용기를 더 낼 수 있을 것만 같았다. 그게 어떤 것이든.

비로소 몸과 마음이 건강해진 또렷한 느낌 속에서 잠들 수 있었다.

'살면서 겪은 고난과 역경의 순간이 있었다면 자신만의 극복 방법을 서술하시오.'

브라질에서 돌아오자마자 취업 준비가 한창일 때, 심심치 않게 등장했던 자기소개서의 문항 중 하나였다. 회사에서 필요로 하는 업무 능력을 돋보이게 표출할 만한 답변을 작성해야 했으므로, 브라질 인턴 시절 과제를 어떻게 극복했는지, 나로 인해 어떤 긍정적인 결과가 도출되었는지를 내가 없으면 큰일이 났을 것처럼 극적 긴장감을 살려 써 내려갔었다.

하지만 사실 당시의 진짜 고난은 프로젝트나 회사 업무가 아닌, 외로움과의 싸움이었다. 살면서 가장 새로운 사람을 많이 만나고 관계를 형성했던 시기였지만, 동시에 가장 혼자였고 외로웠던 시기이기도 했기 때문이다. 또래의 젊은 직원들은 퇴근 후 부지런히 야간 학교에 갔고, 나머지는 화목한 가정의 품으로 돌아갔다. 주말에 내게 좋은 곳을 구경시켜주겠다며 일정을 잡던 이들은 막상 금요일 저녁, 주말이 되자 아무 말 없이 자취를 감췄다. 마치 없었던 일처럼. 일요일 저녁이 되면 그들의 가족들과 친구들을 만나고 있는 사진들이 SNS에 올라와 나를 괴롭혔다. 그러고서 월요일에 출근하면 나와의 약속은 까맣게 잊어버린 채 주말 동안 즐거웠던 일들을 자랑해왔다. 동료들의 말 한마디에 기분이 왔다 갔다 온종일 휘둘렸고 이상한 거리감이 느껴졌다. 괜스레 내가 재미없고 낯가리는 데다가 말도 잘 못해 답답하니까 귀찮아 하는구나 라는 생각이 들기도 했다. 아무리 마음을 다잡으려고 해도 기대와 실망이 불규칙하게 상처 입혔다. 당연히 아무도 나의 주말을 책임져 주지 않는다는 것을, 좋은 일이 일어나려면 나부터 바뀌어야 한다는 것을 그때는 몰랐다. 그저 항상 즐거울 수 없듯이 항상 외롭지도 않을 거야 하며 스스로 참고 다독이기만 했다. 얼른 시간이 흘러가기를 바라며. 지나고 보면 별거 아닌데 당시에는 초연해지지 않는 마음을 꽤나 오랫동안 갖고 있었던 것 같다.

'나를 가장 많이 사랑해야지' 다짐해야 했던 날들이 지속

되었다. 그런 날들이 있었다는 건, 그걸 다짐해야만 하는 상태, 즉 그렇지 않은 상태라는 걸 뜻한다. 지금에서야 생각하지만, 당시 자존감이 빠른 속도로 뚝뚝 떨어지고 있었다. 누군가 계단식 성장 그래프를 말한 것처럼, 나의 자존감은 하강하는 계단식 그래프였다. 그래서인지 외부의 반응과 관계에 매우 민감하게 반응했다. 아마도 사랑받고 싶었는데 그러지 못해서 쉽게 무너졌으리라. 사람들한테 유쾌하고 매력적인, 사랑스러운 사람으로 보이고 싶었는데 그런 마음을 갖는 것 자체가 부자연스러워서 어딘가 어설픈 애로 보였을 것이다. '나와 함께 즐거운 시간을 보내주세요'와 비슷한 맥락의 말들이 쉽사리 나오지 않았다. 나를 잠시 왔다가 가는 회사 동료로만 생각하지 않을지도 모르는 사람들에게 먼저 살갑게 다가간다는 게 자존심이 상했다. 쓸데없는 자존심이 나의 마음과 주말을 텅 비게 만들었다.

대단하지도 않은 자존심 때문에 입을 꾹 닫고 지내던 어느 금요일, 전환점을 맞이했다. 시골이라도 금요일은 금요일인 바, 동료들은 같이 저녁을 먹자며 처음으로 나를 초대했다. 따라간 곳은 흥겨운 노래가 나오고 테라스 자리가 있는 넓고 깨끗한 바였다. 한국이나 상파울루에서는 흔하지만 이 동네에서는 가장 핫한 느낌의 뒤풀이 장소인 듯했다.

Portobello

동료들의 나이는 거의 20대 후반 – 30대 남자들이었고, 그 자리에는 나만 여자였다. 그래서 그런지 다들 나에게 말도 많이 걸어 주었고 나름 재밌는 시간을 보냈다고 생각하며 집으로 돌아왔다.

어김없이 조용한 주말을 보낸 뒤 출근한 회사에서는 내가 '야한 농담도 잘 받아주는 쿨한 마인드를 가진 보기 드문 한국 여자'라는 근본 없는 소문이 퍼져 있었다. 처음에는 '내가?'하며 동그랗게 눈을 떴지만, 점차 깨달았다. 지난 회식 때 사람들이 말하는 것을 잘 못 알아듣고는 대충 분위기 보고 대다수가 웃으면 나도 그냥 따봉 따봉 하며 웃어넘긴 것이 화근이었다.

이상한 이미지가 씌워진 것 같아 당황스러웠지만 사실 나쁘지 않았다. 오히려 좋은 쪽이었다. 싫어하는 류의 농담 따먹기를 (알아) 듣지 않고도 회사에서 호감도를 높일 수 있었으니까. 나를 차가운, 혹은 소심한 외국인이라고 생각했던 이들이 이전보다 나에게 말을 걸고 친근함을 표시하기 시작했다. 얼떨결에 반강제로 소심한 이미지를 벗었지만, 언젠가는 깼어야 하는 서로 간의 경계였다. 사람들은 나를 조심히 대하느라, 나는 그런 그들을 오해하느라 거리가 좁혀지지 않았던 거라는 걸 어처구니없는 해프닝으로 깨달았다.

이후부터는 나의 노력이 속도를 냈다. 은근한 자신감이 붙은 것이다. 누군가 반갑게 인사를 하면 나는 더 반갑게 호응했고, 자존심이 있으나 없으나 나에겐 별로 중요하지 않다는 것을 깨달았다. 텅 빈 채 무겁기만 한 자존심을 버리자 모든 게 쉬워졌다. 자존심을 부리던 시절에는 스스로가 너무 피곤한 아이였고, 그렇다고 해서 뭐가 더 내 마음대로 되지도 않았었으니까. 오히려 자존심을 버리고 나자 하고 싶은 대로 부딪혀도 보고, 거절당하는 것과 마음대로 되지 않는 외부의 상황이 그렇게 괴로울 게 아니라는 가뿐함이 느껴졌다. 더 이상 사람들이 나를 어떻게 생각하던 신경 쓰지 않았다. 사람들의 반응에 크게 휘둘리지 않고 먼저 다가가고, 주말 약속을 제안하고, 거절당하기를 두려워하지 않았다. 물론 처음에는 왜 내가 이렇게까지 해야 하나 싶었지만, 이렇게까지 해야 했다. 현재 상황이 마음에 들지 않으면 내가 먼저 움직여야 하는 게 당연하니까.

그 시절의 나는 일기에 이런 문장을 적었다.

'사람들과 함께 있을 때 기죽지 말고 자신 있게 얘기하고, 쓸데없는 눈치 보지 말고 상황을 즐기자. 좋으면 좋은 대로, 싫으면 싫은 대로 표현하자. 더 이상 다른 사람들이 나를 소심한 여자애라고 생각하게 두지 말자.'

자존감이 채워지면 결국 자존심 같은 건 신경 쓰지 않게 된다. 낮아지던 자존감에 반사적으로 세웠던 콧대가 한풀 꺾인 것을 금방 알아차린 사람들은 나를 반겼다. 먼저 웃을수록, 다가갈수록, 입을 열수록 좋은 일이 일어난다는 걸 깨닫고 나서부터는 스스로가 꽤나 괜찮은 사람이라고 계속해서 생각했다. 그 노력이 사람들에게도 전달이 되었는지, 업무의 마지막 날 누군가 말했다.

"우리 모두가 이토록 많이 좋아한 한국인은 없었어."

심지어 나를 많이 챙겨주었던 34살의 수염 덥수룩한 슈퍼바이저는 마지막 순간에서 눈물을 보였다. 내가 떠난다고 해서 울어주는 사람들이 있어 미안하고 슬프기도 했지만 고맙고 행복한 게 사실 더 컸다. 그저 사랑받으며 지내기보다는, 스스로를 사랑하는 법을 알려준 이들이 곁에 있었기에 오랫동안 잊지 못할 것임을 뒤늦게나마 깨달았다.

앞으로 새롭게 마주하게 될 행복을 기대할 수 있는 사람이 되어서 다행이었다.

4부

혼자서 행복해지는 건 불가능한 일

혼자 누릴 용기 _ São Paulo

나에게 상파울루는 가장 브라질스럽지 않은 곳이다. 대부분의 사람들이 브라질의 수도라고 생각하지만 사실은 경제적 중심지 역할만 하고 있는 이 거대한 도시의 첫인상을 마주하고 생각했다. 강남 테헤란로… 뭐랄까, 세련되고 편리하고 멋있는 건물들이 우뚝 서 있었지만 내가 기대하는 브라질의 자연스러운 모습은 아니었다. 그래서 여행이라기보다는 다른 곳으로 이동하기 위해 오다 가며 가끔씩 들르는 정도로 알아갔다. 때때로 한인타운에서 먹고 싶었던 떡볶이와 막걸리도 사 먹으며.

매운맛에 대한 간절함마저 점차 시들어 발길을 끊었을 무렵, 상파울루 한인타운에 사는 교포 친구가 지인 결혼식에 나를 초대했다. 브라질에 일하러 왔을 때 적응할 수 있게

끔 챙겨주어 정이 많이 든, 처음으로 가족 같다고 생각한 사람이었다. 그리고 그는 함께 다니던 회사의 갑작스러운 구조조정으로 인해 본가로 돌아간 참이었다. 그가 받았을 상처와 실망감을 생각하면 어김없이 눈물이 쏟아졌고, 무슨 말을 해야 할지 모르겠기에 연락이 조금 뜸해졌었다. 그런 그에게서 먼저 온 연락이었다.

어느 주말, 설레는 마음으로 고속버스에 올라 3시간 뒤 상파울루 터미널에 도착했다. 저녁에 만나기로 한 장소와 시간을 다시 확인하기 위해 문자를 남겼더니 잠시 후 예상치 못한 답이 돌아왔다.

'미안, 오늘 못 만날 것 같아.'

한국말은 잘했지만 쓰는 것이 비교적 약한 그는 항상 간결한 문장을 만들어냈다. 하지만 이 문장에는 간결을 넘어 어떠한 감정도 느껴지지 않았다. 반신반의하며 전화를 걸었지만 받지 않았다. 이미 상파울루 터미널에 도착했다고 다시 문자를 보냈지만 답은 없었다. 도무지 이해가 되지 않았다. 믿고 의지했던, 소중한 인연이라고 생각했던 관계가 한순간 툭 끊어져 버렸다. 걱정하고 스트레스 받을 때마다 항상 '잘하고 있어, 친구'라며 용기를 주고 조언해 주던 사람이었는데. 나도 모르게 뭔가 잘못한 게 있나 싶어 빠르게 머릿속을 헤집어봤지만 아무것도 나오지 않았다. 일방적이고 단순한 그의 변심이었다. 상심의 눈물조차 아까운지 흘러나오지 않았다. 실감이 나지 않은 까닭이었다.

그리고 생각했다. 처음에는 나를 무참히 잘라버린 사람에 대해, 그 이유에 대해 생각해 봤다. 내가 뭘 잘못했지? 혹시 무슨 일이라도 생긴 걸까? 하지만 도무지 답은 나오지 않았고, 고민은 돌아가서 해도 충분했다. 일단 이 낯선 곳에서의 저녁을 그냥 보내지 않아야 했다. 어차피 이해되지도 않는 슬픔에 빠져 여행지에서의 길지 않은 시간을 흘려버리는 것은 확실히 아까웠다.

누군가 빌라 마달레나(Vila Madalena)라는 동네를 추천해 줬던 것이 생각나 검색해 보았다. 괜찮아 보이는 어느 재즈 바를 오프라인 지도에 저장하고 어두워진 밖으로 나왔다. 지하철역에서 조심조심 눈치를 살피며 핸드폰 지도를 보고 걷는데 아무래도 이상했다. 너무 고요하고, 아무도 없고, 아무것도 나오지 않을 것 같은 불길한 느낌. 다시 숙소로 돌아갈까 고민하던 찰나, 조그만 바와 식당들이 구석구석에 숨어있는 게 보였다. 내가 찾던 재즈 바의 크지 않은 창문도 풀숲 넝쿨에 덮여서 마치 영화 스크린처럼 존재하고 있었다. 긴장하느라 나도 모르게 올라간 어깻죽지를 의식적으로 힘주어 내리고는 문을 열고 들어섰다.

ENTRADA e SAIDA

입구가 동화 속 마을처럼 예쁘게 숨겨져 있던 이곳의 이름은 마달레나 재즈 바. 바깥과는 다르게 문을 열고 들어서자마자 시끌벅적한 사람들의 목소리가 바깥으로 터져 나왔다. 안과 밖의 온도차가 확연해 공기의 색깔마저 달라 보였다. 이미 공연이 잘 보이는 앞 쪽 테이블에는 사람들이 들어차 있었다. 예상과 다르게 혼자 온 사람은 나뿐인 것 같았다. 조금 어색하지만 자연스러운 척하며 일행 없는 자들의 단골 좌석, 바 쪽 자리에 걸터앉아 맥주와 간단한 안주를 시켰다. 주문을 마치자마자 컵을 닦던 바텐더가 어디서 왔냐고 자연스레 말을 걸었고, 도란도란 대화를 이어갔다. 문득 스스로가 조금 성공한 어른같이 느껴졌고, 또 조금은 영화 속 주인공이 된 것 같은 생각이 들었다. 이미 이곳에 들어온 순간부터 그 생각을 한 걸지도. 어느새 낮에 있었던 불미스러운 일은 잊혀지고 있었다.

잠시 후 공연의 시작을 알리는 악기의 첫 음이 퍼지자 사람들의 말소리가 순간 멈추어 끊겼다가, 잠시 숨을 고른 것일 뿐이라는 듯 다시 대화가 이어졌다. 그마저도 퍼포먼스의 시작인 듯.

'아, 용기 내서 혼자라도 오길 잘했다.'

모두가 연주자인 듯 손님 테이블도 마치 공연 무대의 일부로 느껴졌다. 연주자들은 연주자대로 감미롭게 연주했고,

둥근 테이블에 앉은 사람들은 일행들과 이야기를 나누고 술을 마셨다. 모두들 좋은 만남을 위해 토요일 저녁 이 시간대에 고르고 골라 여기에 왔겠지. 모두가 즐겁고 행복해 보이는 것은 분위기에 취한 나만의 착각이 아니었다. 세 번째 곡으로 안토니우 카를로스 조빙의 WAVE 라는 곡이 흘러나왔다. 노래를 부르는 가수는 없었고, 색소폰으로 메인 멜로디를 만들어냈다. 조용히 허밍으로 노래를 따라 불렀다. 사람들은 멜로디에 방해되지 않을 만큼 떠들었고, 그들의 대화에 방해되지 않을 만큼 밴드가 음악을 연주했다. 라이브 반주가 제법 익숙한지 대부분의 사람들이 연주자 쪽을 일괄적으로 보고 있기보다는, 음악을 배경 삼아 자신들의 이야기를 더욱 재미나게 하고 있는 것 같았다.

퇴짜 맞아 울적했던 것이 불과 몇 시간 전의 일이었다는 게 믿기지 않을 만큼, 우울했던 기분은 어느새 사라지고 없었다. 오히려 혼자이기에 다행이었다. 아무에게도 방해받지 않는 시간과 공간. 그런 시간이 필요해서 일이 벌어진 것처럼. 나름의 전화위복이었다. 호스텔 방에 틀어박혀 퇴짜 놓은 사람의 연락을 기다리고 있었을 나 자신을 상상하니 아찔할 뿐이다.

두 번째 잔을 시킬까 말까 고민하고 있던 차에 아까 짧은 대화를 나눴던 바텐더가 이건 서비스라며 빈 맥주잔을 시원하게 채워준다. 그의 타이밍 적절한 선물에 환한 미소로 답하고는 마음 놓고 다시 무대를 바라본다.

만약 배신당한 기분을 그대로 끌어안고 숙소 이층 침대에 누워 그때의 일과 나에게 상처 준 사람을 곱씹기만 한다면 상파울루는 내게 다신 오고 싶지 않은 도시로 남았을 것이다. 처음에는 그 사람을 탓하다가, 그 다음엔 내가 잘못했던 것들을 떠올리다가, 그래도 답을 찾지 못하면 그냥 나를 탓했겠지. 때론 지나간 인연이나 상처는 이해하지 않은 채 내버려 두고 조금이라도 빨리 새로운 모험을 찾아 떠나는 게 현명한 방법이 될 수 있다. 물론 많은 에너지와 용기가 필요하겠지만 멀리서 뒤돌아보면 분명 미소 지을 수 있을 것이다.

역시 여행할 때는 항상 용기를 내야 한다. 행복은 선택이니까.

발차기 불가 아슬아슬 스노클링 _ Bonito

"자자, 주목하세요! 수영할 때 발차기는 절대 금지입니다!"

순간 내 귀를 의심했다. 스노클링을 하는데 발차기를 하면 안 된다니. 그럼 도대체 이 맑디 맑은 강을 어떻게 누빌 수 있다는 말인가.

북동부 바닷가 여행을 하다가 이번에는 내륙 깊숙한 곳에 있는 보니뚜에 왔다. 대부분의 사람들이 브라질 여행하면 아마존부터 떠올리지만, 아마존보다 더 아마존 같은, 아마존보다 더 많은 액티비티가 있는 관광지가 있다. 바로 그 이름도 예쁜 보니뚜 (BONITO-'예쁜'이라는 뜻). 야생의 브라질이 궁금하여, 브라질 사람들이 아마존보다 더 많이 찾는다는 보니뚜를 선택했다.

보니뚜에 와서 가장 먼저 택한 투어는 3시간 동안 강의 상류에서 하류까지 맨몸으로 떠다니는 프라타 강 스노클링이었다. 특이점은 자연이 훼손되면 안 되기 때문에 선크림이나 모기약을 몸에 바르고 물에 들어갈 수 없으며, 수영할 때 발차기 금지, 오직 팔만 휘저을 수 있다는 것이다. 힘찬 발차기로 인해 강의 생명체 이를테면 물고기나 수초, 바위, 나뭇가지 등을 훼손할 수 있기에 금지하고 있다. 처음에는 가이드의 말에 나만 앞으로 나아가지 못하고 소금쟁이처럼 물에 둥둥 떠있을까 봐 당황했지만, 물살이 꽤 있어 팔로만 방향을 잡고 조금만 힘을 실으면 수월하게 하류로 이동할 수 있었다. 수영이 어설픈 탓에 물에 뜨는 잠수복에 구명조끼까지 야무지게 챙겨 입고 한 손에는 2만 원이나 주고 빌린 고프로를 쥐고 나서야 뒤뚱뒤뚱 강기슭으로 걸어 들어갔다.

우거진 숲을 헤치며 깊숙이 들어간 곳에서 영화처럼 마주한 프라타 강은 신비로운 매력이 뿜어져 나왔다. 푸른 기가 도는 투명한 강바닥 밑으로는 무언가 정체 모를 것들이 가득 담겨있는 듯했다. 고요하지만 생기 넘치는 생명체 같은 것들. 동, 식물의 경계가 의미 없는 곳. 오히려 바깥보다 물 밑의 세계가 더 화려하고 역동적인 곳이었다. 밖에서 봤을 때는 물속이 훤히 들여다보여 얕을 거라고 생각했는데 착각이었다. 시작부터 발이 땅에 닿지 않아 허우적대다가 겨우 균형을 잡았다. 한참 나이 어린 브라질 아이들은 물 만난 물고기처럼 여기저기 헤엄쳐 다니는데…. 이럴 때마다 어렸을 때 수영을 배우다가 포기한 게 참 아쉽다. 하지만 어쩌겠어. 수영은 못 하더라도 스노클링은 꼭 하고 싶은걸.

모두가 강으로 들어와 적응하는 동안 적당한 인원들로 그룹이 나눠지고, 우리 그룹을 이끄는 가이드가 스노클링 자세 시범을 보이며 이동 동선을 설명했다. 끝으로, 잠수복에 냄새가 배니 절대 수영하다가 볼일을 보면 안 된다고 미리 주의를 준다. 벌써부터 개구진 미소를 띤 맞은편 꼬마들이 과연 그 약속을 지킬 수 있을까 잠시 생각해 본다. 하긴, 강이 너무 맑아 만약 실례를 한다면 범인이 누구인지 바로 들통나 버릴걸. 그땐 마구 놀려주리라.

강 속을 들여다보기 위해 엎드린 자세를 유지하며 헤엄쳐야 하는데 고개를 계속 아래로 담그고 있기가 은근 힘이 들었다. 고개를 들려고 하면 자꾸 발이 맘대로 물장구를 친다. 아, 안되는데. 물고기 다 도망가겠다. 내 몸뚱어리로 구경거리를 쫓아내지 않기 위해 애를 쓰며 움직임을 가라앉혔다. 하지만 버둥거림도 잠시, 막상 앞뒤로 적당한 간격을 두고 줄줄이 강 하류로 출발하자 굳이 헤엄치려 하지 않아도 저절로 중력에 의해 아주 천천히 떠 내려가고 있었다.

그리고 물 아래에서 마주한 자유롭게 유영하는 물고기들, 산호초를 대신해 예쁘게 이끼 낀 바위와 한 올 한 올 나풀거리는 수초, 그리고 또 다른 물고기. 강물이 어떻게 이렇게 맑을 수가 있지? 연신 감탄한다. 한순간이라도 놓칠 세라 모든 종류의 물고기들을 포착하겠다는 듯이 버둥거리며 물 위에 반만 떠서 강 속을 샅샅이 구경한다. 지금껏 바다에서 만난 물고기들처럼 알록달록 화려한 색을 갖고 있지는 않지만 세월이 느껴지는 이끼 낀 바위 사이를 유유히 지나다니는 생명체는 이곳 태생답게 아주 잘 어울렸다. 손에 잡힐 듯 잡히지 않는 물고기들한테 손을 뻗으랴 다른 한 손으로 그 모습을 고프로에 담으랴 앞으로 나아가기 위해 헤엄치랴 양손이 아주 바쁘다. 혼자 열심히 정글의 법칙을 찍고 있다가도 이따금씩 방향을 알려주거나 장애물을 조심하라는 가이드의 말에 귀를 기울인다. 중간중간 거친 물살을 만났을 때에는 몸이 방향에 맞게 떠내려가도록 하기 위해 나름 집중해야 했다. 여기저기 사람 손길이 닿지 않은 바위나 나무줄기들이 있어 조금은 위험할 수 있겠지만 덕분에 리얼한 자연의 민낯을 경험하고 있는 느낌이 들었다. 코스 요리를 즐기듯이 강줄기를 따라 상류에서 하류로 떠내려가며 조금씩 달라지는 물고기들의 종류와 강 속의 모습을 천천히 눈에 담는다.

브라질 여행 중 거대하고 꾸밈없는, 가끔은 경외심을 불러일으키는 자연을 마주할 때마다, 이러한 자연을 가지고 있는 브라질 사람들이 정말 부럽다는 생각을 어김없이 하게 된다. 그리고 그게 바로 브라질을 사랑하는 이유 중 하나이기도 하다. 사람 빼고 모든 것을 품고 있는 광활하고 경이로운 자연. 사람의 손때가 묻지 않은, 인공적인 색을 입지 않은, 예상할 수 없는. 그것을 실물로 눈앞에 마주하거나 그 속에 잠깐이나마 들어가게 되는 기회를 누릴 때면 언제나 압도될 뿐이다.

한여름의 크리스마스

여행 중에는 날짜 감각도 없고 살에 닿는 더운 여름 공기에 크리스마스가 다가오고 있다는 것을 잊고 있었다. 더운 나라에서는 크리스마스를 어떻게 보내지? 스웨터에 핫초코 대신 민소매에 맥주를 마시려나? 하지만 게스트하우스에는 다들 나처럼 여름 성탄절이 처음인 사람들만 모여있는지 크리스마스 분위기가 전혀 나지 않았다. 그래서 딱히 크리스마스 계획을 세우기보다, 보니뚜에서의 셋째 날 즐길 액티비티로 미니 래프팅을 가기로 했다.

출발 당일, 숙소 리셉션에 콜택시를 불러 달라고 요청했는데 직원이 한참 통화를 하며 곤란한 표정을 짓는다.

"어쩌죠, 크리스마스라 오늘 일하는 택시가 없나 봐요."

이 나라, 역시 휴일은 칼같이 집에서 가족들과 보낸다.

계속해서 수소문하더니 애가 타던 나에게 '모토 택시도 괜찮아요?'라고 묻는다. 그게 뭔지 몰랐지만 일단 택시라는 말에 좋다고 엄지를 치켜들었다. 10분 뒤, 택시가 왔다는 말에 밖으로 나갔지만 아무리 미어캣처럼 목을 빼고 찾아봐도 택시는 보이지 않았다.

"도대체 택시가 어딨어요?"

그러자 그녀는 바깥의 무언가를 향해 가리켰는데, 그녀의 손끝을 따라가보니 눈에 들어오는 건 바로 오토바이 한 대. 그렇다. '모토' 택시는 '오토바이' 택시였던 것이다. 지금까지 너무도 건전하게만 살아와서 오토바이를 한 번도 타본 적 없던 나는 심각하게 고민이 되었다. 너무 위험한 거 아닌가? 사고라도 나면? 여행자 보험 들어 놓은 거 없는데? 하지만 선택의 여지가 없었다. 크리스마스의 유일한 교통수단이 눈앞에 있는데 놓칠 수 없었다. 복잡한 머릿속을 모르는 택시 아니, 오토바이 주인아저씨는 싱글벙글 웃으며 헬멧을 건넸다. 그래, 죽기야 하겠어?

"Vamos!" (가자!)

건네받은 헬멧을 쓰고 오토바이 뒷자리에 앉아 처음 보는 아저씨의 푸근한 허리통을 감쌌다. 어깨만 살짝 잡고 싶었지만 생각보다 빠른 속도에 나도 모르게 아저씨의 등에 찰싹 붙어버렸다. 통통한 허리를 지나 배 위로 겨우 두 손을 맞잡을 수 있었다. 조금 지나 손을 풀라 치면 오토바이가 덜컹거려 손을 뗄 수 없었다. 하지만 민망함과 불편함도 잠시, 숙소를 벗어나자마자 눈앞에 펼쳐지는 원색의 초원에 현실감각을 잃었다. 달리는 내내 시야를 가리는 콘크리트 건물은커녕 인공적으로 만들어진 것은 어디에도 존재하지 않았다. 오로지 뚜렷한 지평선과 한가롭게 풀을 뜯어 먹고 있는 소들. 이렇게 하늘과 땅이 마치 선을 그어 놓은 것처럼 정확히 이분화되어 있는 광경을 본 적이 있었나. 날 것 그대로의 풍경 속에서 치렁치렁하고 반짝이는 액세서리와 정돈된 나의 차림이 약간 민망하게 느껴질 정도였다. 순간 양팔을 벌려 시원한 바람이 닿는 몸의 범위를 늘리고 싶은 충동까지 일었다. 아무도 없는 비포장도로 위를 달리다 보면 야생 동물이라도 튀어나와 로드킬 사고가 일어나진 않을까 내심 조마조마했지만 지금 이 자유를 만끽하기로 했다.

그렇게 달려 도착한 곳은 어느 호수 공원. 래프팅 대기 장소가 맞나 싶을 정도로 아름다운 공원은 래프팅보다도 나를 들뜨게 만들었다. 한가운데 호수를 둘러싼 썬 베드에 비키니를 입고 나른하게 일광욕을 즐기는 사람들, 푸르고 촉촉한 잔디밭, 부슬부슬 어디선가 조용하게 뿜어져 나오는 물줄기, 호수 위에서 카야킹을 즐기는 커플들. 나도 잔잔한 호수에서 스탠드 업 패들링도 하고, 나무 사이에 걸린 해먹에 깊숙이 파묻혀 흔들흔들 낮잠도 자며 시간을 보냈다. 바닷가가 아닌 풀이 깔린 공원에서 비키니를 입고 드러눕는 것은 또 다른 자유였다. 그렇게 고요히 혼자 시간을 보내다 보면 호수 쪽에서 아이들이 꺄르륵거리며 뛰어다니는 것을 목격한다. 해맑게 웃으며 헤엄치는 모습은 너무나도 건강해 보였다. 아이들을 흐뭇하게 바라보는 부모들, 무릎베개를 한 연인들, 빨간색 산타 모자는 어디에도 없었지만 모두들 각자의 크리스마스를 즐기고 있었다.

관광지를 평범한 휴식처처럼 여유롭게 누리는 사람들이 어느 순간부터 부러워지기 시작했다. 여행 중 각자의 자세와 쉼의 방식으로 시간을 보낼 줄 아는 사람들을 만나면 나도 조급함을 잠시 내려놓을 수 있었다. 여기저기 스팟을 찾아다니며 사진을 찍고 눈앞의 빛나는 초록색을 놓친 채 휴대폰에 코 박는 관광객이기보다, 마음에 드는 자리를 골라 가장 편한 자세로 쉬며 일상처럼 여행을 즐기는 사람이고 싶었기에. 특별한 크리스마스에도 그저 한가롭게 호수 공원에 누워 그 공간에 흠뻑 빠진 사람들 속에 섞여 나도 조금은 그들과 가까워진 그런 날이었다.

B

외톨이의 슈하스코 바베큐 파티

숲속에서의 썸머 크리스마스를 마치고 돌아온 뒤, 저녁에 열릴 슈하스코(브라질식 바베큐) 파티를 기다렸다. 5천원만 내면 호스텔 주최 슈하스코 파티에 참여할 수 있다고 해 끼니를 때우기 위해 미리 신청했던 터였다. 언제쯤 사람들이 모일까 방에서 기다리다가 저녁 8시가 넘어서야 슬슬 부엌에 나가보니 역시 다들 그제서야 준비를 시작하고 있었다. 브라질에서 뭔가를 약속했다면 약속시간 2시간 후에 시작한다는 것을 그간의 뼈아픈 경험으로 잘 배워둔 덕에 이제는 여유롭게 예상할 수 있었다.

슬금슬금 의자에 앉아 어떤 일을 거들어야 할지 눈치를 보다가 그중 가장 어려 보이는 남자애랑 눈이 마주쳤다. 한번 대화가 트이자 모두의 관심과 시선이 내게로 집중되었다. 명절에 모인 대가족처럼 보였던 그들은 각기 다른 두 가족이었다. 이렇게 두 브라질 가족과 한국인 1명이 이번 크리스마스 슈하스코 파티 참여자들이었다. 10여 명의 사람들이 더운 크리스마스 저녁을 보니뚜의 한 호스텔 야외 부엌에서 보내고 있었다. 저렇게 잘생긴 아들이 크리스마스 날 데이트하러 나가지 않고 가족들과 멀리 여행 온 것을 보면 참 화목한 가정이구나 싶었다. 가만히 앉아 나를 흥미로워 하는 사람들의 질문에 대답을 충실히 하고 나자 어느새 맛있는 슈하스코 완성! 날씨가 더워서 그런지 침이 고이는 음식 냄새가 더욱 빨리 퍼졌다. 너무 무임승차가 아닌가 싶었지만 그들이 자신 있어 하는 자국의 요리를 외국인이 어설프게 하는 것보다는 맛있게 즐겨주는 것이 도리라고 생각해 남기지 않고 먹었다.

고기를 먹고 맥주를 마시고 카드 게임을 하며 마치 그 집 셋째 딸이 된 것 같은 기분으로 스며들었다. 짧은 시간이었지만 나를 딸처럼 챙겨주는 브라질 가족들 틈에 껴서 놀다 보니 또다시 한국에 있는 진짜 나의 가족들 생각이 나지 않을 수 없었다. 그들과 어울리느라 소외감을 느낄 새가 없었지만, 문득 우리 가족들은 무엇을 함께 하며 행복한 크리스마스를 보내고 있을까 생각이 들어 괜한 그리움이 몰려왔다. 친구랑 노는 게 더 좋았던 시절이 있었기에 항상 크리스마스를 같이 보낸 건 아니었지만, 케이크도 나눠 먹고 크리스마스 특선 영화로 볼만한 게 뭐가 있을까 들여다보던, 그런 소소한 때가 있었음을 또렷이 기억해 낸다.

혼자 부엌 앞 나뭇잎만 동동 떠다니는 수영장에 발을 담그고 앉는다. 밤하늘 별 아래, 잠시 속했던 따뜻한 무리를 멀리서 구경했다. 보기만 해도 행복해 보이는, 슬며시 웃음 지어지는 그런 가족이었다. 나도 사랑하는 우리 가족이 있는데라고 생각하던 찰나, 내가 없어진 걸 알아챈 막내아들이 말동무를 해주러 왔다. 멋쩍게 다가와 나의 은근한 외로움을 눈치채 주는 짧은 머리의 소년.

"크리스마스 즐겁게 보내고 있어?"

대답 대신 슬며시 웃어 보인다.

"덕분에 따뜻하고 배부른 크리스마스가 된 것 같아. 그래도 말이지, 한국에 있는 우리 가족들이 너무 보고 싶어."

다정한 사람들 틈에서 따뜻하게 보낸 날 오히려 가족의 소중함이 마음속에 떠오른 크리스마스였달까. 이렇게 행복을 느낄 때에는, 행복을 같이 나누고 있는 사람들을 볼 때에는 어김없이 사랑하는 이들의 얼굴이 떠오른다. 이곳의 아름다움을 보여주고 싶은 사람들. 기쁨으로 벅찬 감정을 함께 느끼고 싶은 내 사람들. 익숙하고 보고픈 얼굴들. 이 호사를 홀로 독차지하기엔 생각나는 사람이 적지 않다. 크리스마스처럼 특별한 날이라는 타이틀까지 추가되면 그리움과 외로움은 배가 된다. 특별한 날에는 소중한 사람들과 함께하고 싶으니까. 이렇게 그리운 사람들이 있어서 다행이었다. 사랑하는 사람들이 있어야 그리움도 느낄 수 있는 것이기에. 좋은 순간 아무도 떠오르지 않는다면 오히려 더 슬플 것 같았다. 누군가를 그리워한다는 건 좋은 거구나. 마냥 서글프기만 한 건 아니구나. 사랑은 어떤 형식으로든 참 든든하다.

매년 크리스마스는 연인이나 친구들과 파티할 생각만 했던 날인데. 내년 크리스마스에는 사랑하는 가족과 맛있는 음식 만들어 먹고 온기 나누며 따뜻하게 보내야지, 꼭.

늪지는 투어 상품이 될 수 있을까 _ Pantanal

"위이이잉~"

보니뚜에서 행복한 크리스마스를 보내고 용달차에 가까운 투어 차량에 실려 두어 시간 만에 도착한 판타날 (Pantanal- 큰 늪지라는 뜻). 그곳에선 누구보다 나를 반기는 이들이 있었다. 바로 여기저기서 날아드는 모기들…! 오픈된 트럭 뒤에 앉아 이리저리 나뭇가지들을 피하며 무방비 상태로 숲속 호스텔에 도착하자, 모기들이 오래간만에 찾아온 이방인의 피 냄새를 맡고 옹기종기 팔뚝에 붙어서 떨어질 줄을 몰랐다. 인적이 드문 숲속, 향긋한 피의 냄새를 풍기는 건 나와 운전기사 둘뿐. 별미가 방문한 듯 그들은 몹시 나를 탐하였다. 모기에 물리는 것을 방지하고자 더위도 참고 일부러 발목까지 오는 검은색 긴 레깅스를 입었는데 나중에 숙소에 돌아와 보니 다리에만 스무 방 가까이 물렸다. 알고 보니 모기가 가장 좋아하는 색이 검은색인데다가, 판타날의 모기들은 청바지도 다 뚫어버린다고 한다. 그것도 모르고 나 물어라~ 하며 검은색 옷으로 내 다리를 자발적으로 감쌌다니… 팔다리를 찰싹거리며 요란하게 호스텔로 들어섰다.

크리스마스 트리에 앙증맞은 호피 무늬 리본을 달아놓은 호스텔 방 가장 구석자리 침대에 짐을 풀어놓고, 첫 투어로 강 카누잉을 택했다. 조그마한 보트를 타고 강인지 호수인지 늪인지 모를 곳을 다니며 야생동물들을 구경하는 투어다. 이 호스텔에 머무는 며칠 동안 여러 가지 투어를 함께하게 된 브라질 여자와 프랑스 남자 커플, 나, 그리고 록 밴드의 기타리스트처럼 청바지를 골반에 걸쳐 입은 가이드 아저씨 이렇게 네 명이 좁고 기다란 보트에 올랐다. 매력 있게 그을린 피부와 나비 모양 타투가 잘 어울리는 브라질 살바도르 여자와 프랑스 억양이 그대로 들어간 포르투갈어를 쓰며 사진 찍기에 열중하는 프랑스 남자는 마치 서로를 연인이라고 칭하기 바로 전 단계의 한 쌍인 것처럼 보였다.

브라질에는 피칸치(ficante)라고 하는 우리나라의 '썸'과 비슷한 관계가 있다. 다만 이 썸의 수위와 농도가 꽤 진하고 기간이 길다는 게 아주 다르다. 할 수 있는 모든 스킨십을 아무렇지 않게 서로 허락하며 즐거운 주말을 함께 보내고 하트가 담긴 문자를 자주 주고받지만 아직 피칸치일 수 있다. 내 앞의 남녀가 그 단계인 것처럼 보였다. 함께 여행까지 온 커플 치고 약간은 수줍은 듯 조심스럽게 서로를 대하며 설레는 풍경을 연출했지만 정작 연인이라고 소개하지는 않았기 때문이다. 서로를 다정하게 챙겨주지만 그 이상으로 스며들지는 않는 느낌. 하지만 아주 보기 좋은 커플이었다. 아마도 남자는 열심히, 그리고 조용히 여자의 사랑스러운 옆모습을 카메라에 담을 것이다. 쾌락만 있고 책임은 없는 아슬아슬한 관계가 싫어 평소 피칸치에 대한 인식이 좋지 않았던 나는 처음으로 그 커플이 부러웠다. 투어 내내 남자는 여자의 어여쁜 타투 위에 선크림을 덧발라 주었고, 여자는 그런 그를 보며 미소 지었다. 멋대로 추측하건대, 서로 좋아하는 마음은 있지만 장거리 연애를 앞두고 더 이상 생각하지 않으려 하는 것이 아닐까, 그래서 미래를 걱정하기보다, 마지막으로 여행을 함께 하기위해 떠나온 것은 아닐까 혼자만의 상상을 해본다.

그리고 문득 이곳에 오기 전 스스로 끊어냈던 몇몇 인연들, 실재하지도 않는 먼 훗날의 아픔이 두려워 애정 하는 마음을 꽁꽁 묶어 깊숙이 묻어두고는 현재를 살지 못했던 지난 나날들을 떠올렸다. 나와 다른 선택을 한 예쁜 남녀의 모습에 나도 그래도 되지 않았을까, 현재를 살아도 되지 않았을까, 좋아하는 만큼 정을 퍼주어도 되지 않았을까 생각한다.

걱정 속에 주저하다가 놓친 순간들이 떠올랐다. 이미 과거가 되어버린.

투어라고 하기엔 너무 우리 넷 밖에 없었으며, 강가는 매우 조용했다. 보트를 타고 나가면 뭐가 나타날지 전혀 감이 오지 않았다. 작은 보트는 그 가벼운 무게만큼 날쌔게 전진해 푸른 강을 정확히 반으로 가르며 나아갔다. 강의 양쪽에 낀 수풀들 말고는 보이는 게 하늘뿐이라 원근감을 잃어버리는 데에 이르렀다. 바다라고 착각할 법하지만 수평선 위로 넓게 깔린 짙은 녹색의 수풀이 내륙을 뿌리에 둔 강임을 알려주었다. 아무도 없는 길고 넓은 강을 가로지르다 보니 가슴이 뻥 뚫렸다. 지겹게 달라붙는 모기도 없었다. 이대로 멈추지 않았으면 좋겠다고 생각했다.

시원한 바람에 한참 여유를 부리고 있을 무렵, 가끔씩 뱃머리의 방향을 틀던 가이드는 열심히 두리번거리며 무언가를 찾고 있는 듯했다. 아마도 우리가 우와하고 신기해할 만한, 지불한 값만큼 만족할 만한 야생 동물을 찾는 것 같았다. 그렇다. 그는 아무 자본도 없는 이 투어의 상품 가치를 좌우하는 유일한 사람이었다. 준비된 것은 오로지 하늘과 강, 풀, 자연. 정해진 건 아무것도 없었다. 이따금씩 크고 작은 새들이 날아다니고 나무가 작게 흔들리는 게 보였고, 가이드는 즉시 방향을 틀어 움직임이 감지된 곳 가까이 보트를 대고 입술에 검지를 갖다 붙이며 우리를 조용히 시켰다. 눈앞의 원숭이나 카피바라가 우리를 신경 쓰지 않고 하던 일을 계속했다. 그 하던 일은 주로 먹는 것이었다. 특히 카피바라는 먹는 것을 멈추지 않았다. 왜 뚠뚠이라고 불리는지 한 번에 알 수 있었다. 하지만 곧 둥그런 몸을 가볍게 물에 던져 유유히 사라지곤 했다. 누구보다 날렵한 그 뒷모습이란. 가이드가 어, 저기!라고 외칠 때마다 잽싸게 시선을 돌려 눈으로 열심히 좇지만, 숨바꼭질을 하는 듯 '어, 저기' 들은 어느새 사라지기를 반복했다.

아무렴 어때. 인간이 주인 행세를 하지 않는 이곳이 마음에 들었다. 다큐멘터리에나 나올 법한 동물들은 저 숲속 깊이 어딘가에 있을 것이라 상상하는 것조차 즐거운 늪지의 한가운데. 이곳은 모든 것을 품는 것이 가능했으므로, 모든 것을 상상하는 것 또한 가능했다. 도시에서 나고 자란 내가 지구 반대편의, 세상이 생겼을 당시의 모습을 하고 있는 야생에 들어와 있다는 사실 자체가 이미 완성된 여행이었다. 일부러 아무것도 없는 자연을 보러 에너지와 시간과 돈을 들여 여행하는 시대에 살고 있기에 더욱 소중한 시간이 될 것임이 분명했다. 살면서 사람과 콘크리트와 조명 빛이 없는 곳에서 며칠 동안 지낼 수 있는 순간이 얼마나 있을까. 그리고 그 귀한 여정은 이제 막 시작했다.

날 것 그대로의 브라질 습지 탐험

저 멀리 아무것도 없는 곳에서 물살이 희미하게 갈라지는 게 보였다. 악어다!

사실 이 카누 투어를 선택한 이유는 악어를 보기 위함이었다. 동물원의 유리 너머 죽은 듯 가만히 숨을 쉬는 악어가 아닌 원래의 고향에서 살아가는 악어, 역동적인 악어가 보고 싶었다. 드디어 만났구나. 꼬리 끝으로 이어지는 물결 때문인지 생각보다 악어는 더 길고 날씬한 느낌이었다. 날이 저물고 어둠이 퍼지자, 그들이 더 눈에 잘 띄었다. 아니면 더 많이 우리 주위로 가까워져서일까? 날씬한 보트 안에 옹기종기 모여 앉은 우리는 구명조끼를 패션 마냥 걸쳐 입고 있었다.

다른 안전 장비? 글쎄, 나는 없는데. 가이드 허리춤에 칼

자루 하나가 있는 것 같긴 하다…. 사실 좀 많이 위험하다고 느꼈다. 브라질의 진짜 자연을 경험하고 싶어서 돈을 지불하고 참여한 투어이지만, 생각보다 너무 날 것에 가까웠다. 작은 통통배에 구명조끼 하나 걸치고 악어들이 바로 옆에서 지나다니는 모습을 구경하기라…. 가이드는 시끄러우면 동물들이 다 도망간다며 보트의 시동까지 꺼버린다. 터질 듯한 침묵 속에서 고스란히 물의 움직임에 따라 둥둥 떠있다 보면 바로 옆에서 빼꼼 내민 붉은 눈과 눈이 마주쳤다. 그 강렬함에 흠칫하지만 자꾸만 보고 싶기도 해 열심히 훔쳐봤다. 머릿속으로 '이 배가 뒤집히면' 하고 아찔한 상상을 자주 했다. 이 투어를 기획한 사람은 투어 중 사고로 익사만 생각한 걸까. 다른 위협은 존재하지 않는다고 본 것일까. 짜릿함과 두려움 사이에서 내가 느끼고 있는 모든 감정은 배가 되었고 모든 오감이 곤두섰다. 이래도 괜찮은 걸까? 브라질 정글 투어의 묘미라고 생각하고 내 인생의 한 번뿐일지 모르는 이 순간에 집중하기로 했지만 그래도 가이드 아저씨가 끈 시동을 얼른 다시 켰으면 했다.

하지만 조금은 아쉬운 듯, 혹은 다행인 듯 악어들은 의외로 얌전히 모습을 드러냈다가 유유히 사라졌다. 걱정했던 몸부림이나 갑작스러운 공격은 없었다. 아무리 야생이라도 종종 마주한 방문객들에게 이미 익숙해진 걸까.

어느덧 해가 지기 시작해 푸르렀던 정글의 분위기는 금세 주황빛으로 물들었다. 붉어지는 하늘을 가로막는 아스팔트 건물은커녕, 강물과 풀과 나무와 카피바라와 악어가 다인 이곳에서는 지평선 너머로 사라지는 석양을 힘들이지 않고 감상할 수 있었다. 그냥 아무 데나 두발 딛고 서서 눈을 뜨면 바로 앞에 펼쳐지는 그림 같은 풍경이라니! 주황색 해가 남색 이불을 밑으로 끌고 내려가는 것 같은 선명한 움직임. 막힘없이 볼 수 있는 붉은 하늘은 너무나도 아름다웠고, 이 와중에 썸남썸녀는 영화 속 남녀 주인공이라도 된 듯, 노을을 배경으로 한 초원에서 서로의 젊은 순간을 프레임 안에 가뒀다.

뭍으로 돌아가는 보트 위에서도 마찬가지였다. 해가 들어가자마자 순식간에 깜깜해진 정글은 공기도 빠르게 차가워졌다. 뺨에 닿는 서늘한 바람결. 조금 전에 감탄했던 태양은 온데간데없이, 까만 하늘만 남았다. 원래부터 고요했던 자연이 새카만 어둠 속에서는 숨조차 쉬지 않는 것 같았다. 모습을 감춘 풀벌레들도 숨죽여 울었다. 덕분에 밤하늘의 별들만 시야에 가득 차 넘쳐흘러 쏟아질 듯했다. 간간이 별들이 한데 뭉쳐 만드는 끝없는 길. 물살을 가르는 보트 위의 내가 앞으로 나아가고 있어서 그런지 마치 별하늘 속으로 빠르게 달려가는 느낌이었다. 거리 감각을 상실한 나와는 반대로 달빛과 별빛에 의존한 가이드는 익숙한 길이라는 듯, 다 보인다는 듯 아주 부드럽게 어둠 속에서 자유자재로 보트를 움직였다.

보트가 속도를 낼수록 나는 더 빠르게 끝이 보이지 않는 은하수로 빨려 들어갔다.

예상치 못한, 혹은 예견된 사고

악어 투어라고 불려도 좋을 법한 스릴 만점 카누 투어가 끝난 다음날, 판타날의 상당히 자연 친화적, 혹은 야생적 투어에서도 또 다른 위험이 감지되었다. 이번에는 물이 아닌 육지였다. 야생 동물들이 낯선 방문객들에게 친절히 모습을 보여줄 리 만무하니 이번에도 직접 찾아 나서야 했다. 어제와 똑같은 청바지를 입은 가이드 아저씨가 앞장섰고, 숲속의 오래된 나무들을 허리춤에서 꺼낸 칼로 쳐내가며 길을 만들면 우리는 그 뒤를 따라 오래도록 걸었다. 아저씨를 따라 야무지게 청바지를 챙겨 입은 나는 여전히 나뭇가지에 긁혔다. 긁히지 않으려고 발을 높게 들어 올리며 걸었지만 소용없었다.

"사람 발길이 끊긴 지 오래되어서 그래~ 잘 따라와."

오랫동안 사람들이 다니지 않은 길을 과감히 투어 장소로 정한 그였다. 돌아오는 길을 기억할 수 있을지 합리적인 의심이 들었고, 불안과 의심을 꾹 참으며 쫄래쫄래 따라가던 내 뒤로 갑자기 고통 섞인 비명 소리가 들렸다.

"악!"

놀라서 돌아보니 바로 뒤에서 따라오던 동행 커플이 머리를 감싸고 쪼그려 앉아있었다. 상황 파악을 위해 그들에게 다가가려고 하자 가이드가 검지를 입에 대고 '쉿'하며 움직이지 말라고 제지했다. 토끼 눈을 하고 그대로 멈춰 아래위, 옆으로 굴리는 그의 눈동자를 바라보던 그때. 위이잉 하는 벌떼 소리가 순식간에 우리의 왼쪽에서 오른쪽으로 넘어갔다. 도저히 움직일 수 없었다. 심장이 쿵쾅거리는 소리와 벌떼 소리밖에 들리지 않았다. 소리가 완전히 사라질 때까지 눈알을 굴리며 가만히 있을 수밖에 없었다. 옷 속으로 조용히 땀이 흘렀다. 이미 벌한테 귀를 쏘여버린 여자는 퉁퉁 부은 귀를 만지며 짜증을 냈다.

"아니, 내가 진짜 긍정적인 사람이거든? 괜찮아, 괜찮은데, 근데 차라리 여기 판타날에만 있는 곤충한테 당한다던가 하면 나중에 어디 가서 경험담으로 말할 거리라도 되지, 이건 그냥 벌이잖아, 벌! 상파울루에도 있고 리우에도 있고 아무 데나 다 있는 벌! 이런 건 어디에서나 쏘일 수 있는 거라 이야깃거리도 안돼. 말해봤자 재미도 없다고."

이 와중에 그런 말을 하는 그녀가 새삼 대단해 보였다. 그녀는 아마도 영웅담을 원했나 보다. 가이드는 잠시 그녀의 통통 부은 귀를 살피더니 죽지 않는다며 별다른 조치를 취하지 않았다. 표정 변화조차 없는 그에 비해 오히려 더 호들갑이었던 건 나였다. 내가 만약 1초만 걸음이 느렸다면 아마 그 볼멘소리는 내 입에서 나왔을 것이다. 생각만 해도 아찔하다. 내가 벌에게 선택되었다면 쏘인 귀를 부여잡고 펑펑 눈물부터 쏟아내느라 또 다른 벌떼를 불러들였을 걸. 혼자 희생양이 되기엔 아픔을 참지 못하는 타입이다. 혹은 그녀처럼 짜증도 못 내고 그대로 응급실에 데려다 달라고 가이드에게 징징거렸을 게 분명하다. 판타날의 벌은 그냥 벌과는 차원이 다른 어마 무시한 독이 있다고 생각할 테니까. 그만큼 판타날은 나에게 미지의, 확실히 흥미롭지만 호기심보다는 두려움을 자극하는 늪지에 가까웠다. 아무런 정보도 없고 예상도 할 수 없는 캄캄한 늪지.

그리고 장담컨대, 그녀는 판타날에서 벌에 쏘인 이야기를 다른 사람들에게 약간은 흥분한 채로 말했을 것이다. 목격할 틈도 없이 자신을 공격한 벌의 크기를 두 배 정도 부풀려서 말이다.

12월 31일.

한 해의 마지막 날, 외국에서 보내는 첫 새해를 특별하게 보내고 싶은 마음에 브라질에서 리우데자네이루 다음으로 두 번째로 큰 새해 축제가 열린다는 살바도르로 비행기를 타고 날아왔다.

포르투갈 식민지 시대의 브라질 최초 수도였던 살바도르는 사탕수수 반출을 위해 죄 없는 아프리카인들이 배에 다닥다닥 붙어 누워 노예로 팔려왔다는 아픈 역사를 가지고 있다. 때문에 아프리카 흑인 문화와 종교가 도시 곳곳에 스며들어 거리에서부터 독특한 분위기를 만든다. 확실히 시내는 흑인의 비율이 눈에 띄게 높아 보였다. 새하얗고 풍성한 드레스를 입은 흑인 아주머니는 연신 부채질을 하며 사진을 함께 찍어주는 대가로 돈을 지불하게 만들 관광객을 열심히 눈으로 좇는다. 맞은편에는 낡았지만 형형색색으로 페인트칠한 건물들이 줄지어 서 있다. 경쾌하고 밝은 색감과는 반대로 과거 형벌 집행장이었다는 펠로우리뉴 광장에는 흥겨운 사람들이 일정한 리듬으로 북을 치며 단순하고도 강렬한 음악을 만들어낸다. 그 속에서 삼바 리듬을 가볍게 받아 걷는 듯 춤추는 듯 움직이는 광장의 사람들.

모두가 곧 있을 새해 분위기에 들떠 있는 시내를 돌아보고 호스텔로 돌아온 늦은 오후, 이상하게도 썰렁한 분위기가 느껴진다. 아마도 몇 시간 뒤에 있을 새해맞이를 하러 끼리끼리 나간 듯했다. 이럴 수가. 혼자인 나는 당연히 다른 여행자들과 맥주 마시며 워밍업을 하다가 자연스레 다 함께 새해 전야제 공연을 구경하러 나가는 그림을 생각하고 있었기에 당황했다. 물론 아무도 나와 그런 약속을 한 건 아니지만. 절박한 희망을 가지고 일단 새해에 입는다는 흰 원피스까지 예쁘게 챙겨 입고는 같이 갈 만한 사람이 나타나기를 마냥 기다렸다.

침대에 앉아 거울과 시계를 번갈아 보고 있던 그때, 마침 옆 침대의 크리스티나가 방에 들어와 옷을 잽싸게 갈아입고 다시 나갈 채비를 했다. 관심 없는 척 옆에서 몰래 흘긋거리던 나. 하지만 속으로는 수많은 자아들이 싸우고 있었다.

'아, 어떡하지. 말을 걸어, 말아…'

이렇게 아무 말도 못 하고 가만히 있다가는 분명 홀로 남아 재미없는 호스텔 주인의 끝없는 수다를 들어줘야 할 게 뻔하다. 절대 안 되지, 내가 여기 왜 왔는데! 머릿속으로 정리를 마치기도 전에, 굳은 결심을 끝마치기도 전에 다급한 말이 입 밖으로 튀어나왔다.

"크리스티나, 혹시 오늘 공연 보러 가?"

"응. 지금 나가는 길인데, 너는?"

"나는… 음, 갈 예정이긴 한데 말이지…."

어떤 식으로 말해야 할지 몰라 마냥 우물쭈물하고 말았던 그때.

"그럼 우리랑 같이 갈래?"

"정말? 나야 좋지!"

"오케이. 다른 친구랑 밑에서 만나기로 했으니까 얼른 준비해~"

이렇게 수월하게 착착 진행되다니. 하긴, 흰 원피스 입고 혼자 침대에 걸터앉아 어디 가냐고 물어보는 모양새는 누가 봐도 나를 제발 데려가 달라는 신호 아니겠는가. 눈치 빠른 크리스티나는 답이 정해져 있는 질문에 센스 있게 망설임 없이 초대해 줬다. 사실 아까부터 준비된 상태라 할 것도 없었지만, 괜스레 주섬 거리며 눈치를 보다가 그녀 뒤를 따라 신이 나서 후다닥 로비로 내려갔다. 그곳에는 크리스티나의 친구 토마소가 기다리고 있었다. 오, 이렇게 잘생긴 친구가 기다리고 있을지 몰랐는데. 크리스티나가 더 고마워진 순간이었다.

공연이 열리는 다운타운으로 내려가는 유일한 이동 수단인 엘리베이터를 타기 위해 줄을 서서 기다리던 그때, 갑자기 우리 차례 앞에서 엘리베이터 이용을 중단한다고 가로막았다. 밑에 사람이 너무 많이 몰려 더 이상 내려보낼 수 없다고 한다. 그걸 막아도 어차피 내려갈 사람들은 다 내려간다고! 하지만 묻고 따질 여유가 없었기에 우리는 바로 다운타운으로 빙 돌아가는 다른 길로 뛰어 내려가기 시작했다.

"공연 놓치면 안 돼! 얼른 뛰어!"

루마니아, 이탈리아, 한국에서 온 세 명의 외국인이 브라질 레게 밴드 공연을 보러 위험천만한 살바도르 밤 골목을 달리고 있자니 조금 짜릿함이 느껴졌다. 한여름 밤의 어두운 거리에는 우리들의 숨소리와 발자국 소리, 저 멀리서 옅게 들려오는 사람들의 함성밖에 들리지 않았다. 공연을 놓칠까 봐 걱정되어서인지 아님 너무 빠르게 달려서인지, 그것도 아니면 그냥 이 순간이 즐거워서인지 심장이 미친 듯이 쿵쾅거렸다. 가슴이 터질 것 같았다. 가쁜 숨을 들이켜며 공연장 입구에서 몸수색을 마치고 공연장에 도착했을 땐 이미 공연이 시작되고 있었다. 무대 가까이 가기 위해 사람들 틈을 비집고 들어가려는데 상대적으로 체구가 작은 나에게는 너무 버거웠다.

"사람들이 너무 많아! 다들 손 꼭 잡고 놓치지 마!"

1시간 전에 처음 만난 우리들은 마치 죽마고우라도 된 듯이 서로의 손을 꼭 잡고 사람들 틈을 비집고 자리를 잡았다. 이미 두세 곡이 시작한 뒤였지만 우리의 밤은 길었고 새해는 아직 오지도 않았다. 하지만 이내 더욱 밀려드는 인파와 그 인파 사이를 헤쳐가며 꿋꿋이 캔맥주를 파는 장사꾼들 덕분에 이리 쏠리고 저리 쏠려 제대로 서 있는 것조차 힘들었다. 이 와중에 매너 좋은 토마소는 건장한 브라질 남자들에게서 두 여자를 지키느라 진땀을 뺀다.

뭐, 좀 부대끼면 어때. 여긴 살바도르고, 새해가 1시간밖에 남지 않았고, 눈앞에는 좋아하는 밴드가 노래를 하는데!

맥주 사수를 위해 팔 한 쪽 드는 것도 힘들었지만 아는 곡이 나오면 힘차게 따라 부르고 레게에 맞춰 나름 리듬을 탔다. 아무리 크게 소리 질러도 뭐라고 하는 사람 없고, 오히려 내 목소리는 금세 묻히고 만다. 땀에 젖은 사람들 틈에 끼여 숨이 막힐 지경이었지만 그 어느 순간보다 가슴이 뻥 뚫리는 이 기분! 부대낌 속에서 인상 찌푸리는 사람 하나 없

었다. 마치 한 해를 꼭 이렇게 마무리해야 한다는 듯, 올해 남은 에너지를 새해가 오기 전에 다 써버려야 한다는 듯 모두가 온몸으로 축제 속으로 스며들었다. 올해의 마지막 날을 살바도르에서, 그것도 가장 좋아하는 브라질 밴드의 라이브 공연을 눈앞에서 즐기고 있다니! 내 인생에 다신 오지 않을 기회임을 알기에 열심히 듣고 노래하고 춤추며 이 순간을 조금도 놓치지 않고 끝나가는 한 해를 흥겹게 흘려보냈다.

공연이 끝난 11시 20분.

새해 불꽃 축제를 보기 위해 여기에 온 만큼, 카운트다운을 어디서 할 것인지에 대해 논하기 위해 세 명의 머리가 신중히 모였다. 누군가와 문자를 주고받고 있던 토마소가 고개를 들더니 솔깃한 제안을 한다.

"바닷가 쪽에 파티가 있다는데 우리 택시 타고 거기로 가는 게 어때?"

공연장을 빠져나와 어렵게 잡은 택시를 타고 가는 도중, 예기치 못한 불상사가 일어났다. 택시에 기름이 없단다. 이럴 수가. 하필! 살면서 택시 타고 가다가 기름 떨어졌다는 얘기는 처음 들어보는데 그게 하필 새해 카운트다운을 하러 가는 길이라니. 아니, 무슨 택시가 기름도 없이 돌아다녀. 어쩔 수 없이 가까운 주유소에 들러 기름을 넣고 다시 출발했는데 때는 이미 11시 50분. 자정이 10분밖에 남지 않았다. 심지어 차도 막혀 꼼짝없이 택시에 갇힌 외국인 셋.

"어쩌지? 어떡해! 내릴까?"

"아냐, 타고 가는 게 더 나을 거야."

"근데 차가 꿈쩍을 안 하는데??"

우왕좌왕하는 사이 12시가 되었다. 택시 안에서.

"No...!!!"

그와 동시에 멀리서 펑! 하는 소리가 들린다.

불꽃 한 발이 하늘에 보이는 거리까지 오자 더욱 조급해진 우리는 택시에서 내려 바다 쪽으로 냅다 뛰기 시작했다. 쪼리 신고 수영, 등산은 해봤는데 전력 질주까지 하게 되다니. 브라질, 역시 쉽지 않다.

"펑!"

으아아아! 안돼, 그만 터져! 아직 안 된단 말이야. 불꽃의 끄트머리를 바라보며 얼마나 달렸을까. 헉헉대며 도착한 바닷가에는 이미 흰옷을 입은 많은 사람들이 새해 첫 사진을 찍고 있었다. 드디어! 나도, 우리도! 불꽃을… 응? 불꽃이 왜 더 안 터지지? 달리는 동안 끊기지 않고 들렸던 불꽃 터지는 소리가 우리가 도착하자마자 멈춘 것이다. 불길한 기운을 억누르고 열심히 셀카를 찍고 있던 옆 사람에게 말을 걸었다. 제발 아닐 거라는 심정으로.

"저기… 불꽃놀이 혹시 끝난 건가요?"

"지금 12시 10분이니까 이제 막 끝난 거 같은데요"

10분? 브라질에서 두 번째로 큰 불꽃축제라며, 근데 고작 10분짜리라고? 대천 머드 축제에 가도 그것보다는 오래 하는데? 셋 다 맥이 빠진 얼굴을 하고 깨끗하게 깜깜하고 조용한 밤하늘만 쳐다보며 숨을 고른다. 택시에 기름만 있었더라도 볼 수 있었을 텐데 이렇게 허무하게 놓치고 말다니. 아쉬운 마음에 모두가 할 말을 잃었다.

하지만 그것도 잠시, 이대로 우리의 새해 축제를 망칠 수는 없었다. 진짜 축제는 이제부터 시작이었다. 이미 바닷가에는 하얀 옷을 입은 사람들로 붐볐고, 2km 정도는 되어 보이는 모래사장 옆 아스팔트 길이 온통 클럽과 술집에서 터져 나오는 노래로 가득 찼다. 우리는 마침 그 길의 시작점에 있었고 주위를 둘러보니 마음에 드는 음악이 흘러나오는 곳이 있었다. 들어가려고 하니 입장료만 만 오천 원. 혹시 혼잡한 틈에 잃어버릴까 핸드폰과 지갑도 없이 지폐 몇 장 가슴팍에 꽂고 나온 나로서는 고민이 되었고, 두 친구도 별로 내키지 않아 보였다. 그 앞에서 잠시 머뭇거리던 순간, 토마소가 클럽 안에서 나오는 음악에 자연스럽게 리듬을 타기 시작했다. 어라, 괜찮은데? 하나, 둘 양손이 어깨 위로 올라

가더니 결국 우리 셋은 그 클럽 앞에서 누가 먼저랄 것 없이 춤을 추기 시작했다. 그다지 클럽 안과 밖의 경계가 느껴지지 않았고, 그건 다른 사람들도 마찬가지인 듯했다. 다들 길거리에서 마음에 드는 음악이 나오는 곳을 골라 그 앞에서 자리를 잡고 춤을 추며 새해의 밤을 즐기고 있었다. 음악은 공짜니까! 밖으로 새어 나오는 음악에 입장료를 안 냈다고 손으로 귀를 막고 지나갈 수는 없잖아? 서로 말없이 눈빛만 반짝였다. 이거다 싶은 그 찰나에 주고받은 눈빛들!

첫 시작이었던 클럽의 음악이 질릴 때쯤 다른 곳으로 가려고 발걸음을 떼는데 크리스티나가 우리를 붙잡는다.

"Oh wait, this is my song!" (잠깐만! 이거 내가 진짜 좋아하는 노래야!)

그리고 또 미친 듯이 춤을 춘다. 나보다 4살이나 많으면서 이렇게 귀여워도 되는 건가. 마음에 드는 클럽의 벽 앞에서 춤을 추다가 그곳의 음악이 질리면 다음 클럽 앞으로 가서 또 춤을 추고. 그렇게 한 발자국씩 장소를 옮겨가며 길거리에서만 춤을 췄다. 오히려 돈을 내고 한곳에 머물러 있는 것보다 이 방법이 훨씬 좋았다. 공짜로 여러 클럽을 다 들어가 보는 기분이랄까. 땀이 흐를 새라 불어오는 시원한 바닷바람은 덤이었다. 이미 거리의 모든 사람들이 무아지경으로 스텝을 밟고 친구, 연인의 손을 잡고 빙글빙글 돌리기도 한다. 말 그대로 축제의 한 가운데였다. 터져 나오는 음악도 레게톤부터 EDM, 팝, 삼바까지 어찌나 다양한지. 그렇게 해변의 시작점부터 끝까지 이동하며 무려 3시간 동안 쉴 새 없이 춤만 춰 댔다. 그 누구의 눈치도 볼 필요 없이. 미칠 듯한 텐션이다. 새해 첫날부터 이렇게 신명 나게 춤을 추다니, 올해가 무척 기대된다. 마치 이 순간처럼 자유로운 날들이 계속될 것만 같은 기분이 잠시나마 든다.

만약 내가 크리스티나에게 먼저 제안을 하지 않았더라면, 용기 내지 못해 방 안에서 누군가가 말을 걸어주기만을 기다렸다면 분명 이런 추억을 만들지 못했을 것이다. 물론 어떻게 해서든 공연에 가려고 하긴 했겠지만 당연히 이 정도로 즐거운 축제를 보내진 못 했을 것임이 분명했다. 타고난 친화력이나 대범함 덕에 상대방에게 먼저 말을 붙이거나, 제안하는 것이 쉬운 사람들이 있다. 하지만 나는 아니었다. 다가갔을 때 상대방이 부담스럽지는 않을지, 왜 갑자기 친한 척을 하냐며 당황스러워하진 않을지, 만약 거절당한다면 어떤 행동으로 자연스럽게 어색한 상황을 모면할 수 있을지 등, 먼저 건네는 한 마디 말 이전에는 수많은 생각들이 머릿속에 들어차 내 목구멍을 막았다.

그런 내게 여행이 준 선물 중 가장 의미 있었던 것은, 다른 사람에게 먼저 다가갈 용기를 갖게 되었다는 것이다. 물론 단번에 얻게 된 것은 아니다. 아무 생각 없이 건넨 말이건, 용기로 나온 말이건, 여행에서는 그런 거침없는 사람들을 많이 만날 수 있었다. 그들을 옆에서 보고 겪으며 왠지 모를 자신감이 생겼다. 하지만 나의 시도 끝에는 수많은 거절이 있었고, 초반에는 그 거절이 무척 가슴 쓰려 나중에 잠들기 전이나 밥 먹을 때도 생각이 났다. 이불킥이랄까. 하지만 상대방은 그다지 심각하게 생각하지 않는다는 것을 나중에 깨달았다. 마음과 일정이 맞으면 함께 하는 거고, 아님 원래대로 각자 움직이는 것이고. 여행에서는 그런 쿨한 관계가 가능했다. 사실 하루 이틀 겪어본 사람에게 얼마만큼의 비호감 비슷한 감정이 생기겠는가. 내가 너무 싫어서 거절당하는 일은 거의 없다고 본다. 때문에 하지 않고 후회하느니, 저지르고 후회하는 것이 확실히 낫다고 생각해 기회가 오며 일단 뱉어봤다. 생각해 보면 저지르지도 않은, 일어나지도 않은 일을 왜, 그리고 어떻게 후회할 수 있겠는가. 그건 지나친 상상력이 아닐까? 그리고 이러한 시도의 성공이 겹겹이 쌓일수록, 자신감은 한없이 치솟아 다른 사람들과 함께하도록 자꾸 부추겼다. 1초 만에 새해를 같이 맞이할 사람을 정한 이날처럼.

나의 용기와 크리스티나의 친절한 미소, 토마소의 매너

와 흥 덕분에 정말 기억에 남을 만한 새해를 맞이했다. 대단한 것이 없어도 그저 맥주와 음악, 흥겨운 사람들만 있으면 특별해지는 그들의 문화가 너무나도 사랑스럽다. 비록 기대했던 불꽃놀이는 아쉽게 놓쳤지만 그 사실이 생각나지 않을 만큼 이곳에서 만난 소중한 인연들과 추억으로 짜릿한 새해를 시작할 수 있었다. 새해 첫날을 이렇게 보냈으니 올 한 해는 또 얼마나 재미있는 일들로 가득할까!

시작이 좋다.

É impossível ser feliz sozinho. (혼자서 행복해지는 건 불가능한 일이야.)

잔뜩 취해 나른해진 어느 밤, 브라질 친구가 기타를 치며 불러주었던 보사노바 'WAVE'의 가사이다. 사실 처음에는 가사보다는 멜로디가 너무나도 감미로워 자주 듣던 곡인데, 오히려 여행이 지속될수록 그 의미가 절로 스며들었다.

헤시피에서 약 1시간 정도 떨어져 있는 포르투 지 갈리냐스는 '닭들의 항구'라는 뜻이다. 살바도르와 마찬가지로 과거 노예 무역항이었던 이곳은, 아프리카 흑인 노예들을 실은 배가 항구에 들어오면 그 노예들을 가리키며 '새로운 닭들이 들어온다!'라고 불렀던 것에서 유래한다. 그래서 여기저기 알록달록한 닭 인형과 그림, 닭 머리를 한 마네킹이 눈에 띄었다. 슬픈 역사를 이렇게 귀여운 랜드마크로 만들다니. 존경스럽기까지 하다. 아니면 그러거나 말거나 이런 눈부신 바다를 갖고 있으면 저런 승자의 마인드를 가질 수 있는 걸까. 지명의 유래가 무색하게 에메랄드빛 바다 위에 형형색색의 돛단배가 한가득 띄어져 있다. 돛단배를 타고 천연 수영장이라고 불리는 곳으로 가기 위해 티켓을 들고 모래사장에서 멀뚱멀뚱 서 있자, 순식간에 아저씨들이 몰려와 자기 배에 타라고 호객행위를 한다. 정신을 차려보니 어느새 꾸려진 한 팀과 함께 알록달록 예쁜 돛을 단 배에 오르고 있다. 혼자였던 나는 7명의 다른 커플, 친구 무리와 같은 배를 탔다. 그들은 포토타임이 끝나자마자 빛나는 바다를 등지고 맥주로 연신 건배를 하며 깔깔댔다. 주위 여행자들의 즐거움은 나에게도 긍정적인 에너지를 준다고 생각했는데 이상하게 오히려 의기소침해질 뿐이었다.

속이 훤히 보이는 투명한 바다를 가르며 모터도 없이 아저씨가 열심히 노를 저어 천연 수영장에 도착했다. 아름다운 물 색깔에 감탄을 하긴 했지만, 겉보기엔 그냥 바다 한가운데인데 뭐가 특별하다는 거지? 반신반의하며 스노클링 호스를 입에 물고 심호흡을 하며 물속으로 머리를 넣어보는데…

"히이이익?!"

이번에는 다른 것 때문에 놀라 허우적거린다. 그냥 니모 몇 마리 헤엄치겠거니 생각하고 들어갔으나, 물 밑은 여러 종류의 물고기들로 가득했다. 떼로 지어 다니는 다채로운 색깔의 애들, 여유롭게 지느러미를 넘실거리며 코앞을 지나가는 뚱뚱하거나 길쭉한 애들. 바다의 꽃이라는 산호초보다 화려한 물고기들이라니. 너무 많아서 당황스러울 정도였다. 말 그대로 물 반 물고기 반, 이거 양식장 한가운데에 나를 떨궈 준 게 아닌가 싶었다. 가이드 아저씨는 쿨하게 가서 물고기들이랑 놀다 오라며 씨익 웃으며 손을 흔들어 주더니 내가 펄떡이는 물고기들 틈에서 어찌할 줄 모르고 가만히 서 있자, 주섬주섬 물고기 먹이를 꺼내 양손에 가득 부어주었다. 그 사이 몇 알이 물속으로 떨어지자 주위에 있던 물고기들이 순식간에 모여들어 밥을 채 가기 시작했다. 으악 물고기가 더 많아졌어!

그런데 좀 이상하다. 주위를 둘러보니 내 주위에만 물고기가 몰려들었다. 소란스럽게 뭉쳐 놀던 다른 무리에 비해 혼자 첨벙거리던 내게 눈길이 갔는지 가이드가 먹이를 자꾸 나에게만 쥐여 주고 있었던 것이다.

"재밌어? 어때? 물고기 엄청 많지?"

PORTO DE
GALINHAS

몇 번씩 호의 섞인 물음이 들렸다. 그의 기대에 부응하기 위해 숨을 돌릴 새도 없이 계속 물 밑으로 들어갔고, 실제로 엄청 신이 나 있었다. 물속 미끄덩한 바위 끄트머리에 간신히 발을 딛고 서 있으면 크고 작은 애들이 아무렇지 않게 다리를 퍽퍽 치고 지나갔다. 끄악. 다른 사람과 부딪힌 건가 싶어 뒤를 돌아보면 아무도 없다. 단연 이 천연 수영장의 주인은 물고기! 정신 놓고 물 밑 세계에 감탄하다 보니 내가 딱 죽지 않을 만큼만 헤엄칠 수 있다는 것을 깨닫기도 했다. 어느새 떠내려가 무작정 발이 안 닿는 곳에 혼자 남겨지니 본능적으로 개헤엄을 치던 나. 귀여운 수영실력을 들키지 않으려 물 밑에서는 열심히 발버둥을 치지만 얼굴만은 여유롭게, 마치 백조처럼 천연 수영장을 누볐다.

바다와 하늘은 누가 더 예쁜 파란색인지 겨루는 듯 각자의 색으로 푸르렀고, 천연 수영장이라는 이름에 걸맞게 파도 없이 투명하고 잔잔한 움직임을 유지했다. 눈앞에 펼쳐진 부드러운 하늘과 가이드의 배려는 나를 간접적으로 외롭게 만들던 다른 무리들을 신경 밖으로 자연스레 쫓아내기에 충분했다.

단독 특혜 덕분에 물고기들과 한바탕 헤엄을 치고 나니 진이 다 빠져 해변에 도착하자마자 파라솔 자리를 잡고 맥주를 시켰다. 빈속에 들이켰더니 맥주 몇 모금에 기분 좋게 취해 눈이 스르르 감기려는 순간, 웬 남자가 시야에 불쑥 들어온다.

"올라! 30분 뒤에 여기 정리할 건데 혹시 돈은 이미 지불했니?"

"아니, 아직. 근데 여기 맥주 시키면 자릿값은 따로 안내도 되지 않아?"

제멋대로 생각하고 뒤늦게 물어본다.

"당연히 자릿값도 따로 있어. 그런데 설마 혼자 여행 중인 거야?"

"응, 왜?"

"혼자 여기까지 여행하러 오다니 멋진걸! 음… 그럼, 파라솔 대여비 안내도 돼. 시킨 맥주도 그냥 서비스로 줄 테니까 즐거운 시간 보내! 다른 거 먼저 정리하고 있을 테니까 천천히 더 놀다 가~"

몹시 쿨하고 빠르게 최대치의 친절을 베풀고 떠난 파라솔 남자. 뜻밖의 혜택에 고마운 마음을 전하려 했지만 이미 사라지고 없었다. 대가를 바라지 않고 무작정 안겨주고 간 호의. 이걸 받아도 되나 고민할 겨를도 없이 휙 던져주고 떠났다. 마치 혼자임에 기죽지 말라고 등을 토닥이고 간 듯한 느낌이었다. 얼떨결에 얻은 공짜 맥주를 입에 털어 넣고 양

옆으로 파라솔과 의자들이 정리되는 것을 애써 무시하며 그의 말을 곱씹는다.

혼자 여행하는 것은 과연 대단한 일일까? 여기 사람들에게 나는 어떻게 비춰질까? 과연 혼자인 게 맞기는 한 걸까? 사실 말만 혼자 여행이었지, 그동안 가는 곳마다 새로운 친구들을 사귀며 의도적이든 그렇지 않든 항상 동행이 함께했다. 6인용 도미토리 룸으로 숙소를 잡을 때도 새로운 인연을 기대하며 들어서기도 한다. 방에 짐을 풀며 지금까지 어디를 여행했는지, 어느 나라에서 왔는지, 여행하면서 어떤 게 가장 재밌었는지 등 한번 물꼬를 트면 자연스레 그날 저녁 자리에 함께 앉아있게 된다. 그러다가 서로 일정이 맞으면 함께 투어를 가고 사진을 찍어주고 수다를 떨고. 그래서 지금까지 혼자라는 생각이 전혀 들지 않았다. 하지만 이번 여행지에서는 그런 인연이 생기지 않아, 처음으로 진짜 혼자가 되고 만 것. 초반에는 동행인의 눈치를 보지 않아도 된다는 자유가 달가웠으나, 이내 좋은 것을 좋다고 주고받을 이가 없어 혼잣말만 늘어가는 것이 아쉬웠다.

그렇게 마음속에서 찰나의 자유로움과 분명한 외로움이 엎치락뒤치락 하던 중 나의 여행에 한 방울씩 물감을 떨어트리는 이들이 나타났다. 나에게만 물고기 먹이를 건네주던 배 몰이 아저씨처럼, 멋대로 앉아 주문한 맥주에 대한 돈도 받지 않고 따봉을 치켜들던 파라솔 남자처럼. 스쳐 지나간 타인들이 베푼 친절과 호의로 여행을 이어 나갈 수 있었음을 깨달았다. 그들의 무대가성 친절 덕분에 잔뜩 긴장하여 움츠러들었던 어깨를 간간이 펴냈다. 혼자라고 생각해도 철저히 혼자일 수는 없으며, 주위 사람의 말 한마디가 완벽한 하루와 여행을 만들 수 있음이 명확해졌다. 심지어는 찰나의 눈인사로도 그 여행지가 특별해지는 경험을 누군가는 갖고 있을 테다.

결국 나를 미소 짓게 만드는 것은 사람이었기에, '나 혼자 행복'은 불가능한 일이기에 아무래도 혼자서 행복해지려는 것은 그만두어야겠다. 내일도 부지런히 좋은 사람들을 만나고 행복한 순간들을 만드는 데에 집중할 것이다.

한 손에 맥주병을 쥔 남자가 버스에 올라탔다. 피파 해변으로 가기 위한 여정으로 헤시피 고속 터미널로 가는 버스 안이었다. 시원한 에어컨 바람으로 가득 찬 버스 안에서 바깥의 쨍쨍한 여름 날씨를 구경하던 중 그와 눈이 마주쳤다. 선글라스 너머로 반쯤 감긴 눈이 비쳤다. 운전기사와 주고받는 말을 들어보니 남자도 고속 터미널로 가는 듯했다. 버스가 정차하고 있을 때에도 중심을 잘 못 잡고 이리저리 휘청이는 것을 보면 그의 비틀거림은 단연 버스 기사의 탓만은 아니었으리라. 버스에서 내리자, 자연스레 나와 남자는 매표소 입구를 향해 두리번거리다 두 번째 눈이 마주쳤다.

"터미널 입구가… 여기인가?"

"그런 것 같아. 목적지가 어딘데?"

"어…피파 비치!"

"아, 그래? 잘 됐네. 나도 거길 가던 중이거든. 나탈까지 가서 다시 버스를 갈아타면 되는 거지?"

"나탈까지 올라갔다가 피파로 다시 내려오는 건 너무 돌아가. 고이아니아에서 미니밴으로 갈아타는 게 더 빨라."

여행 중 그 나라의 내국인과 동행하면 겪는 장점이 발휘되는 순간이다. 피파로 휴가를 가는 게 벌써 수 년째라는 이 남자의 이름은 호드리구. 첫 만남부터 대낮에 취해 비틀비틀 걸어 다니더니 이 친구, 굉장히 어설프다고 해야 하나. 브라질 사람이면서 나보다 길을 더 못 찾고, 이미 물어보고 알겠다고 해놓고 다른 사람한테 똑같은 걸 또 물어본다. 여행을 잘 다니려면 직감적으로 길을 잘 찾아다니는 능력이 있거나, 혹은 운이 따르거나, 그것도 아니면 남에게 스스럼없이 말 거는 성격이어야 하는데, 세 가지 조건 중 그 남자는 오로지 세 번째 능력만을 겨우 쓰고 있었다. 말도 느리고 행동도 굼뜬 게 뭔가 믿음직스럽지는 않았지만 그래도 덕분에 피파에 더욱 쉽게 갈 수 있었던 건 사실이기에 내 동행인으로 허락했다. 호드리구는 수도인 브라질리아에서 공무원으로 일하는데 휴가를 맞아 북동부 여행을 하는 중이라고 한다. 이미 북동부 바다를 많이 가본 경험이 있는 듯 버스 옆자리에 앉아 피파에 대한 칭찬을 쉬지 않고 해댔다.

"얼마나 좋으면 내가 벌써 몇 번째 피파를 가는 거겠어. 진짜 거긴 천국이야. 근데 너, 숙소는 정했어?"

"아니 아직. 가서 둘러보려고 해."

아까보단 조금 또렷해진 눈으로 이번에는 자신이 예약한 호스텔에 대한 칭찬을 이어서 늘어놓는다.

"바닷가 절벽 위에 있어서 뷰가 얼마나 좋은데. 나는 피파 갈 때마다 여기서만 묵어."

끝내주는 뷰라는 말에 숙박 예약 사이트에도 나오지 않는 그가 예약한 호스텔에 무작정 따라 묵기로 했다. 어차피 정해진 건 없는걸. 내가 가진 자유를 활용하는 순간이다. 여행 중에는 수도 없이 많은 선택의 순간을 맞이하는데, 그 누구도 뭐라 첨언하지 않는 온전히 나만이 짊어지는 자유이자 책임이기에 결정해야 할 때마다 짜릿한 기분이 든다. 큰 틀은 신중을 가해 정했지만, 그 안의 자잘한 것들은 상황 속에 놓인 스스로에게 결정을 미뤄두는 것이 대부분이었다. 현재의 나는 항상 옳은 선택을 한다고 믿으며.

어느새 밤이 되어 미니밴으로 갈아타기 위한 정류소에 도착하자 나와 호드리구, 그리고 다른 브라질 남자 두 명이 함께 내렸다. 버스 아래 짐칸에서 각자의 짐을 내리며 또 자연스럽게 서로의 목적지에 대해 이야기한다. 역시나 이들의 목적지는 피파 비치. 붙임성 있어 보이는, 사람 좋은 미소를 띠고 있는 하파엘과 엘톤은 죽마고우인 듯했다. 브라질 사람이면서 셋 다 몸에 타투가 하나도 없다는 사실이 오히려 낯설기도, 하지만 안심되기도 했다. 은근슬쩍 그들에게 의지하며 뒤를 쫄래쫄래 따라가 표시 없는 정류장에서 미니밴을 기다렸다. 마침 그들도 예약된 숙소가 없는 터라 다 같이 호드리구의 숙소에 가보자는 결론이 났다. 이렇게 갑자기 친구가 셋이나 생기다니. 우리는 한밤중 고요한 마을의 교회 앞 버스 정류장에서 앞으로 만나게 될 피파에 대한 설렘을 공통 기반으로 서로를 소개하고 이야기를 이어 나갔다. 비록 뒤 편에는 거리의 사람들이 드르렁거리며 코를 골고 자고 있었지만, 든든한 브라질 남자 셋과 함께여서 두렵지 않았다. 밤공기는 완벽했고, 성격 좋은 동행들이 생겼고, 아직 도착하지 않은 피파에 대한 기대가 머릿속 한가득이었다. 산동네를 이리저리 오르는 마을버스 같은 미니밴 안에서 보이는 작은 교회들과 밤하늘의 별, 창문 틈으로 세차게 불어오는 바람이 기대를 더 부풀렸다. 직감적으로 좋은 여행이 될 거란 걸 알았다.

선선한 여름 바람을 가르고 도착한 호스텔에는 다행히 남는 침대가 하나 있었고, 나에게 마지막 침대를 양보한 하파엘과 엘톤은 야외 해먹에서 하룻밤을 보내기로 했다. 숙소 가운데에 마당이 있고 저 멀리는 검은 바다가 일렁이는 듯 파도 소리가 간간이 들렸지만 밝은 불이 없는 깜깜한 그곳을 제대로 파악하기는 어려웠다. 하지만 별 주저함 없이 3박을 이곳에서 묵기로 결정했다. 이상한 믿음이었다. 어둠 때문에 제대로 풍경이 보이지도 않는 숙소에서 처음 보는 사람들과 세 번의 밤을 보내기로 마음먹기에 이르다니. 하지만 그래도 될 것 같았다. 단 몇 마디에 마음이 놓이는 사람들을 만나 조용히 기뻐했다. 차가운 바닷바람을 피해 해먹에 깊숙이 파묻힌 하파엘과 엘톤의 담요를 눈 밑까지 끌어올려 덮어주고 부디 포근함 잠자리가 되길 빌었다.

"제발 내일 봐!"

다음 날 아침, 방문을 열고 나가자 환상적인 날씨에 파란 바다가 마당 끝에 보였다. 어젯밤에는 어둠에 가려져 보이지 않았던 호스텔의 풍경이 드러난 것이었다. 눈을 비비고 목격한 푸르름에 소리를 지를 수밖에 없었다. 호드리구의 말처럼 지난밤 내가 묵었던 숙소는 해안가 절벽 위에 안정적으로 자리하고 있었던 것이다! 숙소 앞마당이 바다라니! 힘껏 바다 냄새를 맡고, 호들갑을 떨고, 나무 데크 위 해먹에 누워 어느 때보다 찬란한 아침을 만끽했다. 흥분한 나를 보고 이곳으로 이끈 장본인인 호드리구가 어깨를 으쓱이며 뿌듯한 표정을 지어 보인다.

“어때? 굉장하지?”

"네가 이곳에 매년 오는 이유를 알겠어! 어쩜 이런 절벽에 숙소가 있을 수 있지? 돈 더 받아야 하는 거 아니야?"

넓은 바다 끝에서 불어오는 바람을 정면으로 맞으며 소금기 가득한 냄새를 실컷 맡았다. 그동안 어디 지하실에라도 갇혀 지냈다는 듯 있는 힘껏 숨을 들이마셨다. 무사히 야외 취침에서 깨어난 친구들과 호스텔에 연결된 가파른 절벽길을 타고 내려가 아모르 비치(praia do amor)로 향했다.

서퍼들의 천국이라는 아모르 비치는 피파의 메인 바다 중 하나로, 이미 많은 서퍼들이 알록달록한 서핑 보드를 들고 바닷가로 나와있었다. 심지어는 초등학교 저학년생으로 보이는 꼬마 아이가 자신의 키 만한 작은 보드를 타고 있었는데, 요리조리 파도를 넘어가는 서핑 실력이 수준급이라 이곳은 도대체 뭔가 하는 생각이 들 정도였다.

'서핑으로 유명한 바다라면 나도 안 타볼 수 없지!'

해변 곳곳에는 원데이 서핑 강습이 가능하다는 글씨가 적힌 서핑 보드가 눈에 띄었고, 그중 적당한 가격을 골라 2시간짜리 강습을 신청했다. 바다 위에서 내 몸을 맡길 선생님은 사투리가 강하게 느껴지는 흑인 아저씨였다. 잘 하고 오겠다며 친구들을 안심시키고 당당하게 뒤를 돌아 바다로 향했지만, 이내 초보자용 긴 서핑보드를 파도에 맞서 수심 깊은 곳으로 데려가는 것조차 버거웠다. 앞으로 나아가려고

Surf SCHOOL
FRESCOBOL
Futebol
Aulas
de

하면 파도를 맞은 커다란 보드가 밀려나와 나를 때렸다. 이때 예감했었어야 했다. 아모르 비치는 서핑하기에 최적이지만 그 말은 중급자 이상에게만 해당된다는 것을.

"잘 들어. 발뒤꿈치를 들고 엎드려 있다가, 내가 지금이야!라고 외치면 바로 팔을 밀어서 한 번에 일어나야 해. 무릎을 대지 말고 한 번에! 알아들었지?"

머리로는 알겠지만 글쎄, 내 몸이 한 번에 내 마음을 따라가 주리라고는 곧바로 기대하지 않았다.

"저기 뒤에 오는 파도 보이지? 이제 저 파도를 타고 나갈 거야. 얼른 올라타서 아까 말한 자세로 대기해. 내가 신호 줄게."

"넵!"

온다, 온다, 파도가 온다!

"지금이야!"

무릎을 대지 말고 한 번에…!

철퍽!

일어날 리가 없지. 내 몸뚱이가.

일어서려고 팔을 펴자마자 보드가 옆으로 기울더니 그대로 파도에 휩쓸리고 말았다. 그리고 같이 휩쓸렸던 보드는 내게서 벗어나 파도 속에서 자유를 만끽하다가 발에 묶여져 있던 줄에 의한 반동으로 내게 다시 돌아왔다. 보드의 모서리는 정확히 내 이마를 강타했고, 물속에서 허우적거리며 소리도 지르지 못한 채 고스란히 아픔을 느껴야만 했다. 그런 시도를 5번쯤 하고 나자 몇 초간 일어서는 게 가능해졌지만 그와 동시에 파도가 무서워지기 시작했다. 매번 아찔한 순간이 발생했다. 이에 반해 아랑곳하지 않는 오늘의 서핑 강사는 당당히 말했다.

"역시 브라질 바다는 이 파도 맛이지."

애석하게도 다리에 쥐가 나 모래바닥에 그대로 주저앉은 나는 더 이상 기력이 없다는 표정으로 그에게 어필했다. 하지만 도대체 왜 나보다 선생님의 의욕이 더 넘치는 것인가.

"아직 시간도 다 못 채웠는데 마지막으로 딱 한 번만 더 하자. 이제 완벽하게 탈 수 있을 것 같아!"

"아니, 난 일어서 봤으니 이제 괜찮아. 충분한 것 같아."

"아직 아니야. 이 아모르 비치를 제대로 느껴봐야지!"

그의 완강한 의욕에 다시 보드를 들고 바다로 들어갔다. 마지막 파도인 만큼 멋지게 성공하리라. 하지만 바다는 원망스럽게도 나에게 그 기회를 주지 않았고, 대미를 장식하듯 가장 큰 파도에 휩쓸렸다. 간신히 보드를 부여잡고 정신을 차려보니 선생님이 욕을 하며 씩씩대고 있었다.

"이 미친 바다! 내 결혼반지!"

그의 새끼손가락을 보니 있던 반지가 빠졌다는 것을 증

명하듯 태닝 되기 전의 맨 살 자국이 비교적 하얗게 드러났다. 그의 결혼반지를 매정한 파도가 가져가 버린 것이다. 오, 아모르 비치…! 당황한 그가 주위를 휙휙 둘러보지만 이미 바다가 삼켜 버린 지 오래. 그는 애꿎은 바다를 주먹으로 팡팡 치며 연신 재수가 없다며 온갖 욕을 해댔다. 혼잣말 같은 욕이지만 내 귀에 때려 박히는 건 기분 탓일까…. 하지만 뒤이어 계속해서 파도가 몰아치는 덕분에 욕을 멈추고 얼굴의 소금기를 닦느라 바빴다.

호기롭게 바다로 나아갔던 조금 전 모습은 온데간데없이 의욕과 힘이 빠진 둘은 어색하게 육지로 올라왔다. 그의 눈치를 살피며 여전히 넘실거리는 바닷물에 휘청거리며 빠져나오는 그 시간이 얼마나 길게 느껴지던지. 반지를 잃어버리고 나서야 끝나는 서핑 수업은 강사와 수강생 모두에게 너무나도 잔혹했다. 매일 서핑 강습을 하는 일상일 텐데 하필 내 수업에서 꽉 껴있던 반지가 빠지다니. 그것도 결혼반지를! 한순간에 불운의 아이콘이 된 나는 죄인이 된 기분으로 고개를 들지 못하고 얌전히 서핑 보드를 모래사장에 내려놓았다. 즐거운 강습이었다며 고맙다고 마무리를 지어야 하는데 차마 웃으며 악수할 수 없어 조용히 인사를 하고 도망치듯 해변을 빠져나왔다. 오늘 저녁 그는 집에 돌아가 아내에게 웬 동양인 여자애를 가르치다 바다가 삼켜버린 반지에 대해 변명하겠지. 벌써부터 귀가 간지럽다.

그러게… 내가 그만하자고 했잖아요.

어른들의 캠프파이어

숙소 해먹에 앉아 떨어지는 해를 바라보며 여행 동안 밀린 일기를 써 내려갔다. 단조롭지만 중요한 나만의 시간. 여행 중 느낀 생각과 감정, 온갖 느낌들을 쏟아내야 했다. 사진으로는 남길 수 없는 것들. 해가 완전히 모습을 감추자 우리는 간단히 배를 채운 뒤 근처 레게 클럽에 가서 다 같이 흐느적거리다가 돌아왔다. 남자 동행들과 같이 다니니 어두운 곳을 돌아다닐 때에도 긴장할 필요가 없었고, 클럽이나 바에서도 술에 취한 이들의 불편한 눈빛이나 인종차별, 허락한 적 없는 터치가 없어서 편했다. 그리고 이 친구들 자체도 굉장히 편안한 느낌이었다. 다들 취향이 비슷했고, 누구 하나 튀지 않았고, 주도하거나 고집 피우려는 사람 없이 평화롭게 하루가 흘러갔다. 이렇게나 얌전한 브라질 사람들이라니. 그동안 겪어오며 다져왔던 브라질 사람들에 대한 편견이 무너지는 듯했다. 특히 사진에 진심인 엘톤은 혼자 여행하는 동안 사진을 많이 남기지 못했던 날 위해 기꺼이 훌륭한 포토그래퍼가 되어주었다.

머리 위를 새하얗게 덮은 은하수를 자꾸 올려다보며 걷느라 느지막이 돌아온 숙소 마당에는 수련회 마지막 날의 캠프파이어처럼 누군가가 불을 지펴 놓았고, 그 주위로 여행자들이 커다랗게 찌그러진 동그라미를 그려 앉았다. 만약 혼자였더라면 쭈뼛쭈뼛 주위를 서성이며 어느 그룹에 껴야 할지 눈치를 보느라 식은땀을 흘렸겠지만 오늘은 아니었다. 나를 포함한 네 명도 어느 한 귀퉁이에 자리를 잡았다. 다들 바다 내음을 몸에 잔뜩 묻힌 채 옹기종기 모여 잔디밭에 널브러진 모양새가 마치 히피들의 조 모임을 연상하게 했다. 누군가는 기타를 치고, 누군가는 하고 싶은 대로 허밍하고, 어떤 이들은 오늘 피파에서 겪은 가장 아름다운 순간을 나누고 있었다. 곁에서 불어오는 시원한 바닷바람을 온몸으로 맞는 여행자들.

브라질 음악을 좋아하냐는 엘톤의 질문에 주저 없이 새해 라이브 축제를 갔던 레게밴드 이름을 외쳤고, 센스 있는 그는 곧바로 노래를 틀었다. 여행지에서 듣는 노래와 그때의 분위기가 어울리면 소름이 돋았다. 마치 작곡가가 이곳에 머무르며 쓴 노래라는 느낌이 들 때. 그리고 지금 이 순간이 그랬다. 나도 여기에 한 달 동안 머무른다면 젬베와 플룻과 반도네온이 어우러진 느슨한 노래를 만들 수 있을 것만 같았다.

흥얼거리다 보니 자연스레 허밍이 나오고 가사가 더해지고 노래가 되고… 노래가 되고?! 평소라면 민망하고 오글거린다며 절대 하지 않았을 행동이지만, 정말 자연스럽게 노래가 나왔다. 공간이 만들어낸 분위기에 취해버린 걸까. 말도 안 돼. 자발적 노래라니. 하지만 이 순간은 노래하는 행위 자체가 나를, 그리고 주위 사람을 기분 좋게 만든다고 확신했다. 자연스럽고도 이상한 일이었다. 노래방을 좋아하지 않는 내가 피파에서는 소리를 내면 낼수록 충만해지는 기분이라니. 평온한 리듬에 먹먹해지는 두근거림이라니. 어느새 듣고 있던 호드리구도 음을 얹어 같이 노래했다. 의도치 않은 남녀 듀엣이 완성되자, 평소에도 감수성이 풍부한 엘톤이 감격에 겨워 우리를 향해 눈을 반짝이더니 정말 아름다운 남녀이지 않냐며 하파엘의 공감을 구한다. 그도 대차게 고개를 끄덕이며 미소 짓는다.

이곳의 공기가, 사람들이, 바다 냄새가, 밤하늘이 사람을 이상하게 만들었다.

다들 여름 바람에 취한 듯한 둔한 밤이었다.

Quero ser feliz também,
navegar nas águas do teu mar
너의 바다를 누비며 나도 행복해지고 싶어

Desejar para tudo que vem
flores brancas, paz e Iemanjá
앞으로 마주할 모든 것을 바라며
새하얀 꽃, 평화, 그리고 이에만자(물의 신)

Quero Ser Feliz Também – Natiruts

돌고래가 사는 바다

오늘 하루가 완벽할 것이라는 확신에 차 눈이 떠지는 아침이 있다. 오늘이 그랬다. 바로 기다리고 기다리던 돌고래 해변에 가는 날이었다. 돌고래가 사는 바다라니 도대체 어떤 곳일까. 먼 옛날 돌고래들이 나타나서 이랬다더라 하는 전설에 그치는 바다가 아닐까 괜한 실망을 할까 싶어 섣불리 기대는 하지 않기로 했지만 이미 마음 한켠에서 그곳은 보통 해변이 아닐 것이라는 작은 기대감이 고개 드는 걸 무시할 수 없었다.

이끼 낀 미끄덩한 바위를 아슬아슬 밟으며 바닷가를 빙 둘러 걷기를 삼십 분. 그동안 등 양쪽으로 맥주와 코코넛 열매를 가득 짊어지고 위태위태하게 바위 사이를 걸어가는 당나귀가 우리를 제친다. 우리가 평소 가격의 2배나 주고 파라솔에 누워 아껴 마실 것들이겠지. 그리고 마침내 절벽의 코너를 도니 말도 안 되는 광경이 펼쳐졌다. 영화에나 나올 법한 적분홍색 절벽 밑으로 폭이 5m 가 될까 말까 한 좁고 하얀 모래사장이 늘어져 있고, 바로 그 앞에 하늘색 바다가 잔잔히 넘실대고 있었다. 바닷물이 모래사장을 위협하듯 물이 들어찬 절벽 아래에 정갈히 놓여있는 초록색 파라솔. 과연 돌고래가 사는 곳이라는 타이틀이 매우 어울리는 분위기였다. 절벽 위에 올라가면 무엇인가 살고 있을 것 같은 느낌. 이미 머릿속으로는 영화나 소설 한 편을 쓰게 만드는 무언가가 이곳에는 있었다.

아직 사람이 차지하지 않은 파라솔 중 적당한 곳을 골라 쪼리를 벗어 놓고 얼른 바다로 뛰어들었다. 바다에 누워 바라보는 하늘은 유치원 때 쓰던 크레파스의 하늘색을 가지고 있었다. 조금의 탁함도 느껴지지 않는 청량함. 파도와 바람이 세지 않고 적당해서 긴장을 풀고 바다 위에 등을 대고 눕기에 딱이었다. 할 줄 아는 수영은 오로지 배영뿐인데, 바다에 한가롭게 누워 하늘 구경하는 것을 좋아하다 보니 다른 건 다 까먹고 배영만 몸에 남았다. 해가 정면으로 비치는 것을 피하기 위해 발장구를 살살 쳐가며 방향을 바꾼다. 그 어떤 것으로부터 방해받지 않고 온몸으로 찰랑이는 바다를 느낄 수 있음에 감사하는 순간.

B

사람들이 점점 모여들기 시작한 정오가 되었을 때쯤, 갑자기 여기저기서 탄성이 나왔다. 뭐지? 시야를 돌린 순간, 무엇인가 순식간에 물속에서 휙 튀어나왔다가 풍덩 들어갔다.

"Olha, golfinhos! (돌고래들이야 봐봐!)"

설마, 방금 그게 돌고래였다고? 제대로 보지 못한 것을 아쉬워하기도 전에, 저 멀리서 웅성거리는 소리가 들리더니 돌고래가 다시 수면 위로 점프한다. 진짜 돌고래가 사는 곳이 맞구나! 그런데 한두 마리가 아니었다. 심지어 저 멀리 있는 것도 아니고 사람들이 해수욕을 즐기고 있는 곳 가까이에 돌고래들이 자유롭게 뛰어오르며 나선형의 아름다운 굴곡을 드러냈다. 햇빛에 반사된 매끈한 등허리가 반짝였다. 말도 안 돼… 그냥 이렇게 맨눈으로 보인다고?

이미 저 멀리 돌고래를 구경하기 위한 사람들을 가득 태운 보트 몇 대가 서성이고 있었다. 하지만 저런 투어를 할 필요도 없을 것이, 돌고래는 꽤나 사람이 수영하고 있는 곳 가까이까지 와서 헤엄을 쳤다. 저게 돌고래가 아니라 상어였다면 나는 이미 저세상 사람이겠지 하는 상상을 잠시 해 보았지만 이내 귀여운 돌고래들의 울음소리에 주의를 빼앗기고 만다. 겁도 없는 녀석들. 사람을 경계하지도 않고 여기저기 누비고 다닌다. 아니, 생각해 보면 우리가 돌고래의 영역에 침범한 것이니 우리가 겁이 없는 건가. 아무튼 누가 먹이를 주는 것도 아닌데 자발적으로 해변가에 나타나다니. 마치 인간이 놀라는 반응이 보고 싶어 주위를 맴도는 것 같았다. 어디서 튀어 오를지 모르는 그 귀여운 생명체를 두 눈으로 포착하기 위해 눈 깜빡이는 횟수도 줄여가며 바다 표면을 살폈다. 무리 지어 나타날 줄 알았는데 가장 장난꾸러기일 듯한 한두 마리가 사방에서 게릴라 공연을 펼쳤다. 날쌘 포물선에 모두가 물장구를 멈춘다. 경계 없는 자연에 생명체가 더해지니 목격한 이들은 할 말을 잃었다.

브라질에 와서 가장 좋았던 것은, 동물원 유리벽을 사이에 두고 구경하던 동물들을 이렇게 아무 장애물 없이(보호장치 없이라는 말도 된다) 자유롭게 보고 들을 수 있다는 것이었는데 돌고래가 뛰어노는 것을 가까이서 본다는 건 그 이상이었다. 사람들의 시선을 사로잡은 아름다운 포유류들은 자신들의 귀여움을 다 보여줬다고 생각되었는지 왔을 때처럼 어느샌가 사라졌다. 시선을 거둔 사람들은 서로 느낀 돌고래의 이미지를 들뜬 마음으로 말하기 바빴다. 자신의 모습을 우리들에게 기꺼이 드러내 준 이들의 출몰은 해변을 더욱 신비롭게 만들었다.

돌고래가 떠난 뒤 아무 일 없었다는 듯 다들 다시 원래의 위치로 돌아가 수영을 하고 카약을 타고 코코넛 음료를 마시지만, 선글라스 너머로는 눈을 감고 그 유연한 움직임을 떠올릴 것이다.

여전히 귓가에는 돌고래 울음소리가 들리는 듯하다.

바닷가에 앉아 명상하기

아무것도 없는 분위기가 좋아서 해변 끝 쪽으로 가는 습관이 있다. 보통 그런 곳은 정말 사람도 동물도 아무것도 없고 그저 바다와 돌, 나무, 바람만 있다. 돌고래 해변의 끝도 역시 그랬다.

바다와 모래사장의 경계 어딘가 파도가 살짝 부딪히는 지점을 찾아 바다를 마주 보고 반가부좌를 틀어 앉았다. 마음에 드는 조용한 바다를 만나면 모래 위 자리를 잡고 명상을 한다. 눈앞의 풍경을 카메라에 담을 수도 있겠지만 온전히 머릿속에, 온몸의 감각을 동원해 순간을 붙잡아 두고 싶은 까닭이었다. 눈을 감고 가만히 앉아 몇 초에 한 번씩 규칙적으로, 혹은 불규칙적으로 모래에 맞닿은 맨몸을 건드리는 차가운 파도와 귓바퀴를 한 바퀴 돌아나가는 바람과 파도 소리, 파도에 조금씩 쓸려 내려가는 모래 알갱이의 촉감(이건 오로지 엉덩이로 느낄 수 있다)에 집중하다 보면 어느새 마음이 차분해진다. 가끔씩 나를 밀어내고 끌어당기는 파도와 물의 힘을 느껴본다. 아무것도 정체되어 있지 않다.

그렇게 집중하고 꽤 시간이 흐르자, 어느새 나를 찾으러 온 엘톤이 호기심 가득한 얼굴로 묻는다.

"뭐 하고 있어? 요가야? 나도 알려줘."

괜히 우쭐해진 동양인 여자는 명상을 가르쳐 주기로 했다. 반가부좌 자세로 앉는 것부터 애를 먹던 엘톤은 스스로 타협하여 나름의 아빠 다리를 만들고 미간을 좁히며 집중하기 시작했다.

"요가는 아니고 명상이야. 두 눈을 지그시 감고 그냥 파도, 바람 소리에 귀를 기울이면 돼. 아무 생각도 하지 않으려고 노력해 봐. 튀어나오는 잡생각을 이마 한가운데서 밀어내. 가끔씩 너를 밀어내고 끌어내면서 건드리는 파도의 힘에 아랑곳하지 않고 내면에 집중해봐."

"음, 생각보다 집중하기가 어려운데…."

엘톤은 이내 조용해지더니 누구보다 명상에 빠져들었다. 한참을 눈을 감은 채로 고요히 있다가 장난기가 발동한 나는 몰래 바닷물을 한 움큼 떠다가 그의 머리 위에 냅다 뿌렸다. 눈이 번쩍 떠진 엘톤은 내가 마치 뭐라도 된 듯이 신기하게 쳐다본다.

“이거 너무 좋다! 순식간에 마음이 편안해지는 기분이었어.”

동양에 대한 또 다른 환상을 심어준 것 같아 괜스레 민망해진 나는 어깨를 으쓱여 본다.

명상 아닌 명상을 마친 후 우리는 아까보다 수위가 한참 낮아진 모래사장에 앉아 어린애들처럼 흙장난을 하며 이런저런 이야기를 주고받았다. 가벼운 이야기로 시작했지만 역시 여행지에서 만난 사람과는 친한 친구에게도 털어놓지 못했던 온갖 얘기를 다 하게 되는 게 진리.

사실 이 여행을 위해 들뜬 마음으로 비행기 티켓을 사고 계획을 짜던 두 달 전과는 달리, 여행을 떠나는 시점부터 지금까지 줄곧, 브라질에 정을 남겨두고 온 사람들이 떠올라 마음이 괴로웠다. 짧지만 친구 혹은 가족처럼 지냈던 사람들이었다. 분명 그들과 오랜 시간이 지나지 않아 헤어질 것을 알고 있음에도 불구하고 막상 그 시간이 되자 아쉬움과 슬픔에 어쩔 줄 몰라 했다. 여행 따위 하지 말고 거기서 그들과 최대한 오래 소중한 시간을 보내다가 올걸. 마냥 즐거워야 할 여행 내내 답이 없는 후회만 가득했다. 혼자 있는 시간이 생기자 애써 감춰 놨던 감정이 드러났다.

조금 지루하다고 생각했던 그곳과 사람들을 사실은 많이 좋아하고 평온함을 느끼고 있었다는 것을 떠나고 나서 알았다. 인턴 기간이 끝나자마자 도망치듯 짐가방과 여행 가방을 동시에 꾸리고는 더 친했던 사람, 아니었던 사람과 관계없이 똑같은 깊이의 마지막 포옹을 하고 부랴부랴 그곳에서의 일상을 마무리 지었다. 아마 그들 눈에는 내가 떠나는 데에 조금의 아쉬움도 없는 사람처럼 보였을 것이라고, 어쩌면 예전부터 떠나고 싶어 했을지도 모른다고 생각할 수 있겠다는 것을 지금에서야 깨달았다. 그런 아쉬움과 그리움, 불편함이 뒤엉켜 여행 내내 웃을 순간에도 마음 편히 웃지 못했다. 이미 호스텔 구석 컴퓨터를 빌려 다시 돌아가는 항공권을 알아보기도 했다. 하지만 돌아가 봤자 어차피 결국엔 이별이라는 걸 직시하고 현실로 돌아오기를 반복했다. 무엇보다 사람들과 나눴던 마지막 인사를 또다시 하고 싶지 않았다. 충분히 괴로운 감정이었고, 이미 눈물을 한 바가지 쏟고 난 탓에 엄두가 나지 않았다. 그냥 지금 하고 있는 여행이고 뭐고 얼른 한국으로 돌아가 사랑하는 가족과 친구들 곁으로 가고 싶었다. 그렇게 하면 나의 공허함을 채울 수 있을 것 같았다. 하지만 이렇게 또 도망쳐버린 나를 미래의 내가 어떻게 생각할까. 여행을 지속할지 그냥 한국으로 돌아갈지 고민스러운 나날을 보내고 있었다. 어쩌다 여행이 의

무처럼 되어버린 것일까.

드러낸 적 없던 복잡한 심정은 그만 눈물로 터져 나와버렸다. 선글라스로 가리기엔 역부족이었는지 엘톤이 금방 알아채고 위로의 말을 건넸다.

“하지 않은 것을 후회하기보다 하고 나서 있는 힘껏 후회하는 게 더 낫지 않을까? 가끔은 우습다고 생각해. 하지도 않은 일을 후회하는 것 말이야. 일단 고민되면 제대로 마주해보는 게 어때. 어쩌면 그다지 두려운 일이 아닐 수도 있어.”

어디선가 많이 들어봤을 법한, 신선한 말은 그다지 아니었지만 그 순간의 나에게는 눈물이 날 정도로 크게 와닿았다. 언제 또 할 수 있을지 모르는 남미 여행을 포기하고 울면서 한국으로 돌아갔으면 분명히 후회했겠지. 그동안 고민만 하고 하지 않아서 후회했던 것들을 생각해 보았다. 의외로 별로 떠오르지 않았다. 나 역시 엘톤의 말대로 고민이 될 때는 하고 보는 편이었으니까. 뭐가 됐든 행동하고 나서 후회하는 쪽이었으니까. 그리고 애초에 남이 정해준 것이 아닌 내가 선택해서 행한 것이기에 결과가 좋지 않더라도 후회의 감정이 들지 않았다.

그래서 이번에도 그냥 마음이 가는 대로 하기로 결정했다. 어쩌면 브라질행도 내가 ‘해 보고 후회하자’로 선택했던 것이기도 하다. 아는 것 하나 없이 단순 호기심으로 시작했던. 그리고 브라질을 경험하는 게 인생의 전환점이 되길 바랐는데 지금 생각해 보니 이보다 더한 전환점은 없을 것이란 생각이 들었다. 마치 지금의 내가 브라질로 인해 만들어진 것처럼. 지난 몇년간 너무 많은 일들이 일어났고, 그 속에서 나는 참 많이 바뀌어 왔다. 물론 좋은 쪽으로. 그전이 불행했던 것은 절대 아니지만 지금은 행복을 손에 쥐고 있달까. 행복할 일이 절대적으로 많다 라기보다는 작은 행복이라도 놓치지 않고 느끼는 법을 배웠기 때문이라고 믿는다. 심지어는 당연하다고 생각하며 누려왔던 것들도 다시 생각하게 되었다. 돌고래 해변에 가면서도 생각했다. 두 다리로 이렇게 멋진 곳에 도달할 수 있으며, 두 귀로 바람과 돌고래 소리를 들을 수 있고, 두 눈으로 이 풍경을 볼 수 있음에 감사하다고.

엘톤은 간단하지만 진실한 말로 내 눈물을 닦아주었다. 다시 행복을 누릴 용기를 얻게 된 나를 두 눈으로 확인한 그는 엉덩이를 털고 일어나 해변을 뛰어다니며 온갖 모델 포즈를 취한다.

"나 섹시하게 사진 찍어줘!"

좋았던 여행지는 풍경보다 거기서 누구와 무엇을 했는지로 기억에 남는다. 이곳으로 향하던 길에 우연히 만나게 된 인연들과 그 말간 물의 빛깔을 기억한다.

아침 8시의 나탈 도심은 투어를 시작하는 알록달록한 버기들로 가득 찼다. 물론 나도 그중 하나였다. 같은 방을 쓰는 여자친구 둘과 나를 태운 버기는 다른 호스텔에 들러서 중년의 브라질 여자를 픽업했다. 남편도 있고 다 큰 자식들도 있지만 혼자 여행하는 게 좋아 오늘도 이렇게 홀로 휴가를 즐기고 있다고 하는 그녀. 씨익 웃어 보이는 그녀의 미소와 자연스럽게 잡히는 주름이 훗날 나의 중년은 어떤 모습일지 잠시 생각하게 만들었다. 그러고는 자신이 스릴 있는 뒷좌석에 타는 게 당연하다는 듯 자연스레 뒷자리에 걸터앉는다. 그녀의 젊은 날은 어땠을까.

말투와는 다르게 겁이 많다는 안드레아가 조수석에 타고, 나머지 셋은 지붕과 안전벨트라고는 없는 뒷좌석에 앉았다. 우먼 파워가 느껴지는 유쾌한 브라질 여자 셋과 한국 여자 하나를 태운 버기는 곧바로 속력을 내 어딘가로 달렸다. 영화에 나오는 나쁘고 핫한 언니들이 된 것 같아 괜히 소리를 지르고 싶어졌다. 버기들은 금세 도시를 벗어나 긴 대교를 줄지어 지나 나탈 제일의 모래 언덕으로 향했다. 이내 오른쪽은 드넓은 바다, 왼쪽은 바다만큼 끝이 안 보이고 거대한 사구를 끼고 한참을 달린다. 대도시 속 바다와 사구의 조합이라니, 이게 가능한가. 상상 속으로는 모래가 바다에 먹히던지, 도시가 모래에 먹히던지 둘 중 하나인데 말이다.

이질적인 조합 속에서 철 구조물을 몇 개 지나고 나니 이제 눈앞에 있는 것은 오직 모래사막이었다. 쨍하지만 시원한 날씨에 둠칫거리는 오디오 음악까지 벌써부터 신이 났다. 도로에서는 일어나지 말라고 누군가 주의를 주었지만 엉덩이가 들썩거리는 걸 참을 수가 없다. 마침 그때 사구 공원으로 들어선 버기차. 기다렸다는 듯 속력을 높여 햇빛을 그대로 받아 달궈진 모래 언덕 위를 마구 달렸다. 모래 언덕의 규모는 그 어떤 사구보다 크고 웅장했다.

크, 이거지! 달리는 언덕 저 멀리 아래의 사구 한가운데에 늪지가 형성되어 있는 것이 보였다. 뜨거운 햇빛에 선글라스를 감히 벗을 수 없었지만 사구와 늪지, 바다의 색이 각각 다르게 빛나고 있다는 것을 한눈에 알 수 있었다. 눈앞에는 아무런 생명체가 없었지만 이곳이 살아 움직인다는 느낌만이 남았다. 모래와 늪지. 전혀 연관성 없어 보이는 모순적인 조합이 나탈에서는 가능했다. 건기와 우기가 동시에 나타나다니. 모래 언덕의 모양은 바람에 의해 매일매일 달라지겠지. 지금 내가 디뎠던 이 발자국이 순식간에 사라지듯 그렇게 매번 다른 모습으로 사람들에게 나타나겠지.

생각에 잠기려는 찰나, 드라이버는 가능한 최고 속도로 급경사 모래 언덕을 누비기 시작했다. 오르락내리락 급격한 커브 돌기. 급속도로 올라갔다가 내려갈 때는 살기 위해 차 손잡이를 꽉 잡았다. 아찔한 스릴감에 꽥꽥 소리가 절로 터져 나왔다. 쇠로 된 봉이 뜨겁게 달궈진 탓에 잡을 수 있는 부위도 제한적이었지만 이것마저 놓을 수 없었다. 손에 힘이 잠시라도 풀렸더라면 아마 저 뜨거운 모래 언덕에 나가 떨어졌겠지. 우리들의 고주파 비명소리가 조금이라도 작아지면 드라이버는 그 찰나를 채우듯 내리막길을 찾아 질주했다. 그러면 우리는 재미와 스릴과 공포가 뒤섞인 소리를 질러대며 드라이버를 만족시켰다.

롤러코스터 빰치는 버기는 사막을 나와 사람 없는 해변가를 마구 달렸다. 원래부터 평화롭게 달렸다는 듯이 평평

MYC-9838
240
TROPICAL

한 바닷가를. 바다를 옆에 끼고 소금 냄새를 마음껏 맡으며 모래사장을 달렸다. 귀에는 바람 소리만 가득하고, 파도에 밀려오는 바닷물에 바퀴가 닿을 듯 말 듯, 그 경계를 아슬아슬하게 넘나든다. 장애물은 오로지 언제 우리 앞을 덮쳐 올지 예측불가한 부서지는 파도뿐이었다.

아침에 시작한 버기 투어가 저녁때 즈음 끝나고, 숙소 체크아웃을 마친 뒤 칠레로 넘어가는 밤 비행기 시간을 기다리며 거실의 소파에 앉아 쉬고 있었다. 가족과 함께 같은 숙소에 묵고 있던 한 꼬마가 몇 번 눈이 마주치더니 말을 걸어왔다.

"언니는 혼자에요?"

"응, 혼자 배낭여행 중이야."

"왜 혼자 여행해요? 심심하지 않아요?"

"아니, 전혀. 사실 난 혼자 여행하는 것을 좋아해."

아이의 눈이 금세 휘둥그레진다. 그리고는 이내 엄마에게 그 놀랄만한 사실을 알린다.

"엄마, 이 언니는 혼자 여행하는 걸 좋아한대!"

세상에 그런 사람은 있을 수 없다는 듯, 있어서는 안 된다는 듯 낭랑하게 일러바친다.

우린 항상 가족, 친구, 회사 동료 등 누군가와 함께 있으며, 스스로에 대해 조용히 생각할 시간이 많지 않다. 주변을 둘러싼 외부인들이 크고 작은 영향을 직, 간접적으로 끼치고 그것에 부지런히 휘둘리느라 바쁘다. 지금 내 컨디션은 어떤지, 요즘은 무슨 생각을 하고 가치롭게 느끼는지, 새로운 환경에서의 나는 어떤 행동을 하는지와 같은 내 본 모습을, 내 속을 들여다볼 기회가 필요하다. 따로 혼자만의 시간을 내어 그 시간을 충분히 채울 필요가 있다. 그래서 혼자 하는 여행의 기회가 왔을 때 주저하지 않고 배낭을 꾸렸다.

그리고 한편으로는 혼자 하는 여행이 진짜 '혼자'라고 생각하지 않는다. 모두의 도움으로 다음 여행이 이어지고, 그 여행은 우연히 만난 인연들로 매번 가득 채워졌다. 그 결과 어느 순간부터 나도 모르게 정해진 동행이 없음에 감사하며, 다른 곳으로 이동할 때마다 새로운 곳에서는 어떤 근사한 사람들을 만나게 될까 어느 순간부터 기대하게 되었다. 그리고 그 과정 속에서 나와는 다른 삶을 살아온 사람들을 만나고 섞이며 새로운 나를 만나기도 한다. 혹은 깨닫거나. 나 자신을 제대로 마주하는 이 값진 시간은, 평소에는 깊게 생각하거나 바라보지 않았던 '진짜 나'를 발견하는 기쁨을 주었다. 그러기에 자꾸만 배낭을 꾸렸다. 하지만 이 말들을 쏟아내기엔 꼬마가 너무 어리다.

너도 언젠간 혼자 떠나보는 즐거움을 알게 될거야라고

속으로 생각하며 배낭끈을 어깨와 허리에 단단히 매고 공항으로 향하기 위해 일어섰다.

사랑하는 순간들

구름이 낮게 퍼져있는 고속도로를
버스로 오랜 시간 달릴 때
새 지저귀는 소리가 들려와 듣고 있던 음악을 꺼버릴 때
새로운 숙소에 들어가
냄새로 공간을 파악하는 찰나의 순간

푸른 바다의 끝을 명시하는 일
민트향이 풍기는 차가운 칵테일 잔

해변의 시작점에서 신고 있던 쪼리를 벗어들고
발을 내딛는 순간 느껴지는 모래의 감촉

별이 가득한 밤하늘 아래에서 살랑이며 춤을 출 때
풀냄새가 풍겨오는 잔디밭 위의 해먹에서
낮잠을 자는 시간

고요히 노을이 바다 뒤로 숨는 것을 목격하는 일

바다에 누워 눈부신 하늘을
바라보려 노력할 때의 찡그림

처음 만난 여행객들과의
수줍고도 힘찬 첫 건배

저녁놀

느긋하고 여유롭게, 혹은 게으르게

"당신에겐 인생의 터닝 포인트가 있었나요?"

누군가 제게 물어온다면, 저는 주저 없이 브라질을 떠올릴 것입니다. 가장 자유로웠기에, 혼자 보낸 시간이 많았기에 생각한 것들을 고스란히 담아둘 수 있었던 시기, 수많은 첫 경험 속에서 행한 행동과 생각을 자세히 관찰하고 사유하는 게 가능했던 시기였어요. 덕분에 새롭게 발견하는 진짜 내 모습과 친해지며 스스로를 아끼고, 사랑하고, 행복과 가까워져 갔습니다. 살면서 이런 시기를 지나왔다는 건 정말 감사한 일이고, 그래서 더욱 소중하게 여기며 잊지 않기 위해 오랫동안 쓰고 고친 글이 이렇게 세상에 나오게 되었네요. 출간의 기쁨도 크지만, 글을 다듬으면서 잠시 잊고 있던 그때의 하루하루를 다시 떠올리며 저를 되돌아보는 또 하나의 계기가 되어 즐거웠습니다. 그때 마주한 풍경과 사람들을 떠올리며 설레기도 하고요.

거리가 먼 만큼, 우리와 친근한 곳은 아니기에 더욱 환상이나 꾸밈없이 제가 느낀 있는 그대로를 담았어요. 여러분이 만날, 혹은 이미 만난 브라질은 어떨지 궁금하기도 합니다. 제가 여행하며 만난 브라질 사람들은 대부분 힘을 빼고 눈앞의 자연과 자유를 누릴 줄 알았기에 항상 현재를 살고 있었고, 저는 그런 그들의 모습을 굉장히 부러워했어요. 느긋하고 여유롭게, 혹은 게으르게. 그러기에 힘든 점도 있었지만 그래도 애정 하는 마음이 훨씬 컸기에 글에 잘 묻히려고 노력했답니다. 제가 만난 사람들, 마주친 자연 앞에서 이는 감정과 다짐들 말이에요. 앞으로도 저는 여행 가서 이런 것을 해봤다가 아니라 이런 사람을 만났다로 기억되는 여행을 더욱 많이 하고 싶습니다.

끝으로, 그저 일기에 불과했던 제 글을 온기와 색깔이 담긴 책으로 나올 수 있도록 도움을 주신 편집장님, 항상 곁에서 응원해 준 사랑하는 우리 가족, 중심을 잃을 때마다 든든한 버팀목이 되어주는 H, 추억을 공유하고 공감하며 춤추는 모습이 사랑스러운 나의 친구들에게 진심으로 고마운 마음을 전하고 싶습니다. 그 추억들로 인해 우리는 아직까지 이어지고 있기도 해요.

다시 여행에 대한 활기를 띠고 있는 시점에 오랫동안 써온 책을 마무리하게 되어 더욱 설레는 나날입니다. 제 글을 읽어주신 모든 분들께 진심으로 감사드린다는 말을 전하며, 여름 아침 해변 같은 모든 여행과 일상을 응원합니다.

2022년 늦봄과 초여름의 사이에서

차은지 마침

우비보다 비키니를 택한 사람들　　초판 1쇄 2022년 8월 24일

지은이　차은지
펴낸이　최대석
편집　최연, 이선아
디자인1　H. 이치카, 김진영
디자인2　이수연, FC LABS

펴낸곳　행복우물
등록번호　제307-2007-14호
등록일　2006년 10월 27일
주소　경기도 가평군 가평읍 경반안로 115
전화　031)581-0491
팩스　031)581-0492
홈페이지　www.happypress.co.kr
이메일　contents@happypress.co.kr
ISBN　979-11-91384-30-7　03810
정가　16,500원

이 책의 국립중앙도서관 출판예정도서목록(CIP)은
서지정보유통시스템 홈페이지(http://seoji.nl.go.kr)와
국가자료공동목록시스템(http://nl.go.kr/kolisnet)에서
이용하실 수 있습니다.

Publisher's Note

instagram

blog

연시리즈 11

삶의 쉼표가 필요할 때

R edition

꼬맹이여행자

퇴사 후 428일 간의
세계일주

여행에세이 1위
<삶의 쉼표가 필요할 때>
리커버 에디션으로 출시!

이 책은 우선 여행기 보다 한 권의
아름다운 에세이 같았습니다
_ munch님

출간 후 3년,
꾸준히 사랑 받는
이유가 있다

읽으면 꼭
소장하고 싶은
여행에세이

인생을 알려주고...
(가격) 더 받으셔야 합니다. 책을 읽고
첫 장부터 진짜 울 것 같다가 감동 받았다가
예쁜 말들에 엄마 미소를 짓기도하고
너무 좋은 책이였어요
_ findyourmap0625님

Jang Youngeun 

세상의 차가움 속에서도 따뜻함을 발견해내는, 여행 그 자체보다 그 여정에서 용기와 고통과 희열을 만나는 여행자의 이야기*를 읽고 나면 사랑하는 이들에게 구구절절 말할 필요도 없이 조용히 이 책을 거네**는 당신을 발견하게 될 것이다

*이병일 시인 추천사 중에서 **태원준 작가 추천사 중에서 / YES24 리뷰 중

뉴욕, 사진, 갤러리 최다운

"깊이 있는 작품들과 영감에 관한 이야기들"

라이선스를 통해 가져온 세계적 거장들의 사진을 즐길 수 있는 기회! 존 시르, 마쿠스 브루네티, 위도 웜스, 제프리 밀스테인, 머레이 프레데릭스, 티나 바니, 오사무 제임스 나카가와, 다나 릭센버그, 수전 메이젤라스, 리처드 애버든, 로버트 메이플소프, 안셀 애덤스, 어윈 블루멘펠드, 해리 캘러한, 아론 시스킨드. 최다운은 뉴욕의 사진 갤러리들, 그리고 사진 작품들의 매력과 이야기들을 생동감 있게 전해준다.

내 인생을 빛내 줄 사진 수업 유림

"사진 입문자들을 위한 기본기부터 구도, 아이디어, 촬영 팁, 스마트폰 사진, 케이스 스터디까지"

좋은 사진을 찍고자 하는 사람이라면 누구에게나 도움이 될 수 있는 지식과 노하우를 담았다. 저자가 사진작가로서 경험하고 사유했던 소소한 이야기들도 이 책만의 매력이다. 사진을 잘 찍기 위한 테크닉 뿐만 아니라 좋은 아이디어를 얻는 방법과 저자가 영감을 받은 작가들의 이야기를 섞어 읽는 재미를 더한다.

김경미의 반가음식 이야기 김경미

"건강식에도 품격이! '한식대첩'의 서울 대표, 대통령상 수상 김치명인이 공개하는 사대부 양반가의 요리 비법"

김경미 선생이 공개하는 반가의 전통 레시피
 하나. 균형잡힌 전통 다이어트 식단
 둘. 아이에게 좋은 상차림
 셋. 몸을 활성화시켜주는 상차림
 넷. 제철 식단과 별미음식
그리고 소소하고 행복한 이야기들

● 문장
X
문장

"손가락 사이로 미끄러지는 빛은 우리의 마음을 헤쳐 놓기에 충분했고, 하얗게 비치는 당신의 눈을 보며 나는, 얼룩같은 다짐을 했었다."
_ 이제, 『옷을 입었으나 갈 곳이 없다』 일부

"곁에 머물던 아름다움을 모두 잊어버리면서 까지 나는 아픔만 붙잡고 있었다. 사랑이라서 그렇다."
_ 금나래, 『사랑이라서 그렇다』 일부

"'사랑'을 입에 담지 말 것. 그리고 문장 밖으로 나오지 말 것."
_ 윤소희, 『여백을 채우는 사랑』 일부

● 경영 경제 자기계발

○ 리플렉션: 리더의 비밀노트 / 김성엽
연매출 10조 원, 댄마크 '댄포스 그룹'의 동북아 총괄 김성엽 대표의 삶과 경영

○ 재미의 발견 / 김승일 **+ [대만 수출 도서]**
"뜨는 콘텐츠에는 공식이 있다!" 100만 유튜브 구독자와 高 시청률 콘텐츠의 비밀

○ 야 너도 대표될 수 있어 / 장보윤 박석훈 김승범 주학림 김성우
코로나와 경기침체는 스타트업 창업 절호의 기회. 전문가들의 스타트업 성공 메뉴얼

○ 자본의 방식 / 유기선
카이스트 금융대학원장 추천도서. 자본이 세상을 지배하는 방식에 대한 통찰들

● 인문 사회 독서

○ 한 권으로 백 권 읽기(1~2)/ 다니엘 최
이 시대에 꼭 필요한 명품도서 300종을 한 곳에 모아 해설과 함께 읽는다

○ 산만한 그녀의 색깔있는 독서/ 윤소희
특색있는 소설, 에세이, 인문학적 사유를 담은 책들에 관한 독서 마니아의 평설

○ 독특한건 매력이지 잘못된게 아니에요 / 모기룡
인지과학 전문가 모기룡 박사가 풀어내는 독특함에 대한 철학적, 인문학적 고찰

○ 가짜세상 가짜뉴스 / 유성식
가짜뉴스의 발생 원인은 뭘까? 가짜뉴스에 대한 통찰력 가득한 흥미로운 여행

● 종교 정신세계

○ 모세의 코드/ 제임스 타이먼 **+ [리커버]**
좌절과 실패를 경험한 이들을 위한 우주의 비밀들. 독자들의 성원으로 개정판 출시

○ 죽음 이후의 삶/ 디펙 쵸프라 **+ [리커버] 출간예정**
죽음, 인간의 의식 세계, 영혼에 대해서 규명한 디펙 쵸프라의 역작

○ 4차원의 세계/ 유광호
우리는 어디서 와서 어디로 가는가? 우주의 에너지 정보장, 전생과 환생의 비밀들

당신의 어제가 나의 오늘을 만들고 김보민

"사랑을 닮은 사람이고 싶었습니다."

너무 뜨겁지도, 너무 차갑지도 않은 보랏빛. 그 바이올렛 향을 뿜어내는 모든 이들을 위한 글들. 『당신의 어제가 나의 오늘을 만들고』에는 오랫동안 망설여왔던 고백에 대한 순수함이 있고 사랑 앞에서 세계를 투명하게 읽어내는 아름다움이 있다. 만남부터 이별의 순간까지도, 사랑에 대한 희망을 문장과 문장 사이에서 만나게 해 준다. 얼어붙었던 마음도, 힘들었던 순간들도 어느 순간 따스하게 녹아 빛나게 해주는 책이다.

너의 아픔 나의 슬픔 양성관

"재미있는데 눈물이 나는, 웃을 수만은 없는 의학 에세이"

브런치 조회 수 200만, 그리고 포털사이트와 한국일보 등에서 사랑을 받은 빛나는 의사 양성관의 거침없는 이야기들. 지금까진 상상할 수 없었던 의사와 환자들의 이야기들을, 특유의 입담으로 풀어놓는 양성관 작가를 따라가다 보면 독자들은 웃고 있다가 어느 순간 울고 있게 될지 모른다.『너의 아픔, 나의 슬픔』은 웃음이 있지만 서정이 있고 삶에서 우러난 따뜻함이 있는 의학 에세이다.

오늘도 아이와 함께 출근합니다 장새라

"오늘도 독박 육아 당첨이다. 퇴근길. 나는 다시 출근한다."

"엄마로만 살건가요? 당신은 행복해야 합니다." 알고 있다. 그러나 좋은 엄마로 살아가면서 '나'로 살아간다는 것은 말처럼 쉽지만은 않다. 『오늘도 아이와 함께 출근합니다』는 육아와 직장생활을 아슬아슬하게 오가면서 평범한 초보 엄마가 겪은, 때로는 울고 때로는 웃으면서 버텨낸, 잔잔한 이야기들과 사유가 담겨 있다. 평범한 딸에서 평범하지 만은 않은 엄마를 통해 당신은 엄마와 아이들을 한층 더 깊게 이해하게 될 것이다.

* 그렇게 풍경이고 싶었다 황세원

"고요한듯 하나 소란있는 어느 여행자의 신비로운 이야기들"

출간 전부터 인스타그램을 통해 많은 이들에게 위로와 영감을 전해 준 황세원 작가의 에세이. 그녀는 '절대적인 것이란 없는 세상'에서 '정해진 것은 어제 뒤에 오늘이 있고 오늘 뒤에는 내일이 있다'는 믿음으로 세계와 마주한다. 그녀의 말대로 '여행은 평행세계를 탐험하는 것'과 같다. 그 누구도 같은 이유로 떠나지 않기에 결코 같은 공간을 방문하지 못한다. 그러나 독자들은 그녀의 글을 통해 그가 수년간 걸어왔던 길을 함께 걸으며 우리 모두가 분명하게 공유하는 무언가를 찾게 될 것이다.

삶의 쉼표가 필요할 때 꼬맹이여행자

"낯선 여행지에서 이름 세글자로 살아가는 온전한 삶을 찾다!"

여행에세이 베스트셀러 1위를 달성하며 독자들에게 큰 울림을 준 꼬맹이여행자의 이야기 『삶의 쉼표가 필요할 때』, 리커버 에디션 출시! 신의 직장이라고 불리는 금융공기업을 그만두고 새로운 삶을 살아보고자 세계여행을 떠난 저자가 428일간 44개국에서 만난 다양한 이야기를 들려준다. 여행지에서 만난 이들의 삶과 철학, 세상을 바라보는 다채로운 시선, 그리고 사유의 깊이가 어우러져 만들어내는 잔잔한 감동과 울림들을 만나보자.

낙타의 관절은 두 번 꺾인다 에피

"26만명이 감동한 유방암 환우 에피의 여행과 일상"

'구름 없이 파란 하늘, 어제 목욕한 강아지, 커피잔에 남은 얼룩, 정확하게 반으로 자른 두부의 단면, 그저 늘어놓았을 뿐인데 걸음마다 꽃이 피었다.'
다소 엉뚱한, 어둠속에서도 미소로 주변을 밝혀주는 그녀의 매력은 어디서 오는 걸까. 절망적인 상황에서도 미소를 머금은 한 여행자가, 이제 겹겹이 쌓아 놓았던 웃음과 이미 세상을 떠나버린 이들과 나누었던 감정의 선들을 펼쳐 놓는다.

자기객관화 수업

현실적응력을 높이는 철학상담 모기룡

가스라이팅 자기객관화

서양철학은 우리도 모르는 사이에 우리의 사고를 주도하고 있다. 이를 테면,

너 자신을 믿어라 / 주체적으로 사고하라 / 고유한 너 자신을 찾아라 / 언제나 긍정적인 마음을 가져라 / 세상의 중심은 너다

이런 모토들은 장점도 있지만
그로 인해 외부의 관점을 무시하게 되는
부작용을 낳는다.
구루는 다음과 같이 말한다.

"이 모토들은 자신의 내면에 있는
것이 진짜 자신이라거나 가장
중요하다고 생각하게 만들지요.
그리고 타인들이 생각하는 나의
모습은 가짜이거나 중요하지
않다고 생각하게 만들지요."

행복우물

한 권으로 백 권 읽기 II

고고학-문사철-사회과학-자연과학-인공지능까지!

노벨상의 산실 - 미국 시카고대학교의 비밀!

1890년에 석유재벌 존 록펠러와 몇 명이 힘을 합쳐 세운 시카고 대학은 설립 후 근 40여 년 동안 크게 두각을 나타내지 못하던 학교였다. 그런 대학에 1929년 총장으로 부임한 로버트 허친슨 박사는 '위대한 고전 읽기 프로그램(Chicago Plan)' 운동을 벌인다. 그는 200여 종의 고전을 선정하고 그 중 100여 종을 읽지 않으면 졸업을 시키지 않았다.

처음에는 반발도 거셌지만 그 프로그램을 시작하고 90년이 지난 지금은 '시카고대학교(University of Chicago)' 하면 곧 '노벨상'이라는 등식이 성립하는 단계에까지 이르렀다.
위대한 고전을 읽는 일은 그만큼 중요하다.
사고의 폭이 넓어지면서 무궁무진한 아이디어가 솟아나기 때문이다.

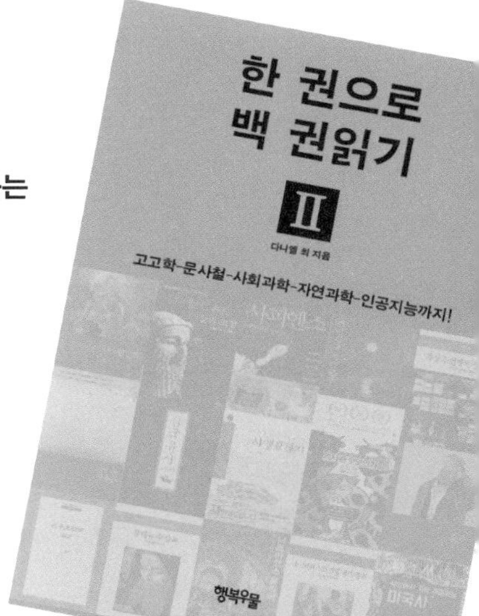

연시리즈 9

오리도 날고 우리도 날고

김명진

"아빠, 힘들면 도망가!"
자발적 퇴사자 아빠와
꿈많은 아들이 세계를 날다

Feat. 오리찡

"아빠가 너 자는 동안
캥거루를 30마리나 봤어."
이날도 어쩔 수 없이
아들 녀석에게 선의의(?)
거짓말을

하고 말았다.

Kim Myungjin

고통스럽도록 유쾌한 책

오리도 날고
우리도 날고

아빠, 힘들면 도망가…!

정말 새가 되면 이런 느낌이지 않을까? 그 자유로운 기분……

Kim Myungjin

행복우물

행복우물출판사 도서 안내

● STEADY SELLER

○ 사랑이라서 그렇다 / 금나래

"내어주는 것은 사랑한다는 말, 너를 내 안에 담고 있다는 말이다"
2017 Asia Contemporary Art Show Hong Kong,
2016 컬쳐프로젝트 탐앤탐스 등에서 사랑받아온 금나래 작가의 신작

○ 여백을 채우는 사랑 / 윤소희

"여백을 남기고, 또 그 여백을 채우는 사랑. 그 사랑과 함께라면
빈틈 많은 나 자신도 온전히 좋아하며 살아갈 수 있을 것 같다."
'채우고 싶은 마음과 비우고 싶은 마음'을 담은 사랑의 언어들

● BOOK LIST

○ 다가오는 미래, 축복인가 저주인가 - 2032년 4차 산업혁명 이후 삶과 세계 - 김기홍 ○ 길을 가려거든 길이 되어라 - 김기홍 ○ 청춘서간 / 이경교 ○ 음식에서 삶을 짓다 / 윤현희 ○ 벌거벗은 겨울나무 / 김애라 ○ 가짜세상 가짜 뉴스 / 유성식 ○ 야 너도 대표 될 수 있어 / 박석훈 외 ○ 아날로그를 그리다 / 유림 ○ 자본의 방식 / 유기선 ○ 겁없이 살아 본 미국 / 박민경 ○ 한 권으로 백 권 읽기 I & II / 다니엘 최 ○ 흉부외과 의사는 고독한 예술가다 / 김응수 ○ 나는 조선의 처녀다 / 다니엘 최 ○ 꿈, 땀, 힘 / 박인규 ○ 바람과 술래잡기하는 아이들 / 류현주 외 ○ 어서와 주식투자는 처음이지 / 김태경 외 ○ 바디 밸런스 / 윤홍일 외 ○ 일은 삶이다 / 임영호 ○ 일본의 침략근성 / 이승만 ○ 뇌의 혁명 / 김일식 ○ 멀어질 때 빛나는: 인도에서 / 유림

행복우물 출판사는 재능있는 작가들의 원고투고를 기다립니다
(원고투고) contents@happypress.co.kr